特鲁多家族签章

2005年10月，上海。1990年后再次拜访中国，仍在倒时差

新旧交替

青岛岩滩，浪漫理想的充分展现

2006年9月，重庆一个小村外。在猪饲料袋子上坐等助力车将我们载向农村腹地

长江游船。薇和我就是乘这种船从重庆到宜昌

白色雾霭下长江三峡巨坝

沿长江而下，数小时透过此窗远望

参观安徽和江苏的汽车制造厂，回归外交模式

甜蛇段

广州一处密度极大的工人居住区

广州观人

现代中国始自孙中山

BARBARIAN
LOST
TRAVELS IN THE NEW CHINA

神秘
到
开放

一段理解现代中国的旅程

［加］亚历山大·特鲁多（Alexandre Trudeau）/ 著   孟醒 / 译

湖南文艺出版社
HUNAN LITERATURE AND ART PUBLISHING HOUSE   博集天卷
CS-BOOKY

图书在版编目（CIP）数据

神秘到开放：一段理解现代中国的旅程 /（加）亚历山大·特鲁多（Alexandre Trudeau）著；孟醒译 . —长沙：湖南文艺出版社，2019.6
书名原文：Barbarian Lost：Travels in the New China
ISBN 978-7-5404-8907-6

I.①神… Ⅱ.①亚… ②孟… Ⅲ.①纪实文学—加拿大—现代 Ⅳ.①I711.55

中国版本图书馆 CIP 数据核字（2018）第 269532 号

著作权合同登记号：图字：18-2018-347

Copyright © Alexandre Trudeau, 2016
This edition arranged with Westwood Creative Artists Ltd.
through Andrew Nurnberg Associates International Limited

上架建议：社会科学

SHENMI DAO KAIFANG: YI DUAN LIJIE XIANDAI ZHONGGUO DE LÜCHENG
神秘到开放：一段理解现代中国的旅程

作　　者：[加]亚历山大·特鲁多
译　　者：孟 醒
出 版 人：曾赛丰
责任编辑：薛 健 刘诗哲
监　　制：于向勇 秦 青
策划编辑：王 琳
特约编辑：苏会领
版权支持：辛 艳 张雪珂
营销编辑：刘晓晨 刘 迪 初 晨
装帧设计：利 锐
封面图片：视觉中国
出版发行：湖南文艺出版社
　　　　　（长沙市雨花区东二环一段 508 号 邮编：410014）
网　　址：www.hnwy.net
印　　刷：三河市鑫金马印装有限公司
经　　销：新华书店
开　　本：875mm×1270mm 1/32
字　　数：213 千字
印　　张：9.25
版　　次：2019 年 6 月第 1 版
印　　次：2019 年 6 月第 1 次印刷
书　　号：ISBN 978-7-5404-8907-6
定　　价：45.00 元

若有质量问题，请致电质量监督电话：010-59096394
团购电话：010-59320018

中国是个宏大的故事，或许现在这个故事里最精彩的部分正在上演。

　　…………

　　当一切都在不断变化之时，正因为可以借助于记忆，我们才能在这时代的流变中找到精神的安居之所。

献 给 佐 伊

中文版自序

这是一本关于运动的书。

平原、火车、汽车、摩托车、划艇、游船、自行车构成了我在过去的几十年里，在贵国穿行的一部分。

在中国，我曾步行、奔跑、跳跃、起舞。

我生在一个与中国有不解之缘的旅行者之家。通过我的父母，它在我年幼时期就出现在了我的视野中。我与中国的接触从少年时期开始，在成年时期继续。如今，已为人父的我仍在经历。

但我只是飘过中国的游魂，从未在此地扎根。我从未在哪里久居，以掌握中文这门语言。因此我恐怕永远都只是局外人，一个信念不居的蛮夷。

然而，中国已经成为我的故事里的一个重要部分，我人生各种变量中的一个常数。我或许仍然是个天真汉，但中国使我受教良多。

我所见到的中国，一直都在发展变化。我每次回到这里，都为它的变化所惊叹。

所有的变化都让我想起你们，我亲爱的中国读者。你们经历着怎样一个历程，我对你们的希望和不安感同身受。你们的生活中有多少变化！你们见证了多少奇迹！

不过你们童年的风景有多少保持了原貌？

你们承载着多少记忆？

谁又敢预言未来？

好吧，在这本书里，你会看到我的中国魂——那些在我的旅途中遇到的，如今仍挥之不去的灵魂。若有运气，你们或许能认出其中的几个。希望来自山东的有着超越其年龄的智慧的薇媛——我的朋友和向导——也会像帮助我一样伴你们度过书中的这段旅程。

我们向你们展现的只是几个片段，是旅途中的若干瞬间的合集，它们来自还不算太遥远的过去。

有人说过，几百年对中国来说十分短暂。但在我看来，几十年对现在的中国来说都是一段漫长的时光。十年之中发生了那么多——那么多的财富、那么多的物质变化、那么多的可能、那么多的新习惯。其山多变必隐忙仙。

我用了过去十年来整理这些记忆。生活中，经常有朋友问我：为什么是中国？为什么你总去那里？为什么总是想着那方土地和那里的人？

我通常这样回答：中国是个伟大的故事，或许现在这个故事里最精彩的部分正在上演。

亲爱的读者，你们也是这部巨制中的舞者，我们都有各自的角色。因为中国，就像曾经的西方一样，正在改变整个世界和这个世界中的每一个人。现在我们都被这个故事所席卷。

不过，在周遭的一切都在变化的时候，问题并不是这一切的去向，而是我们能把握的是什么，不能遗忘的是什么。

中国的故事让我理解了运动的参照物——赋予其平衡和意义的力量——并不是终结，而是我们的记忆，终结只是幻觉。当一切都在不断变化之时，正因为可以借助于记忆，我们才能在这时代的流变中找到精神的安居之所。

亚历山大·特鲁多

目录

CONTENTS

知识、旅行和中国在我心中混作一团。我隐约感觉到,旅行带有一种精神属性,始于内心的需求。我想,人在出发前可能是无知的,但在归来后肯定会有所改观。我们心中充满到什么地方去的愿望(乃至需求),因为未曾踏上的土地是吸引我们心灵的黑洞。因此,中国就像一座矗立着的关隘。

薇媛不止一次地跟我说过,一般中国人可能不愿意跟我们交谈。"你说的那些'一般中国人'对外国人有戒心。"她说。
我向来不善于营造第一印象。薇的悲观并没有使我气馁,我强调,她才是那个需要跟人接触的人。我告诉她,我会表现得置身事外——百无聊赖、心不在焉或者头脑简单。我说:"就像我根本就不在那儿,像一个不经意走到你边上的中国深度游游客。"

对孔子有个流行的解读是,为了得到幸福、受到尊重,必须以和谐一致的原则行事。穿成一个样子，知道自己服务于共同的理想，立下同样的誓言。这是巨大人口压力下的必然结果。10亿人挤在一起，需要有一种强烈的集体和谐感。很久以前，黄河流域的众多居民就开始不断制造摩擦，高度发达的稳定感和传统意识能够提供一些缓解。

第四章 村庄 ——————— 071

出租车司机并不太清楚我们要去哪儿，他把我们放在了一栋看起来已经关闭的漆黑建筑前，薇让他等着。我们以为这就是宾馆，敲了玻璃门，窥见里面有一个宽阔幽暗、覆着灰尘的大厅，然后又回到车里，紧张地笑着。

最后，我们终于找到了旅馆，立刻躲进房里休息。窗外的城市安静得令人焦虑，使得我的内心被神秘感笼罩。我试图注意任何一点声响，然后告诉自己这是中国，不是贝鲁特（Beirut）也不是巴格达（Baghdad），寂静中没有潜伏着暴力。

第五章 长江 ——————— 104

当你思考江河到底是什么时，它就会变得很奇怪：当然，是雨滴、是雪花；在这之前，是飘进山里的云；更之前，是阳光下的海洋。这些分散的、五花八门的东西聚集起来，成为一个整体——江河。看着起伏的水面，看着漂泊又稳定的船体——我们看到的是一瞬吗？是这些事物的一瞬，一起向山下流动了一点吗？不，我们看到的是一个循环中的持续运动，在脚下，也在头上；在天上，也在地上。它是不断往复的开始和结束，是永恒的、完满的。

第六章 上海 ——————— 126

我经常独自旅行，又怯于用其他方式接触别人，于是舞厅就成了我与当地人交流（而不交谈）的场所。跳舞的人彼此不用言语就能形成一种默契。在某些时刻，

迷乱在节奏中的我还可能感觉自己就是这个地方的一分子，觉得周围的陌生人认识我、喜欢我。不过，我的夜晚无一例外地会以与今天相同的方式结束：独自一人。在乘车于夜晚穿行时，有点累，有点高兴，或许还更聪明了一点。

第七章 三大王国 ——— 175

在驻足惊叹时，我询问了汽车发动机的情况。它是在其他地方制造的，可能是提前在别的地方组装好的——或者是整体从其他公司购买的。这种发动机是在韩国的技术许可下由中国制造的。我们的东道主也承认，很多更为精密的仪器和设备的产地是日本、韩国、德国，而不是中国。但他说，随着时间的推移，其比例会慢慢下降。

第八章 南下 ——— 203

中国城的神话告诉我们，中国人什么都吃：鸟、爬行动物、猴、狗、猫、昆虫——都是活着卖的。这在内地可能是真的，但这里并不然。这个地方虽然粗放而天然，但它并不是村子，也不卖野味。这个区域是广州中部的一片农民工聚居地。四面八方的人来到这里谋求生计——不管是多么微不足道，他们为出人头地，或者至少站稳脚跟做着漫长的努力。

第九章 重游 ——— 249

对一个国家来说，经济实力更加重要。国家无论如何在创造财富和分配财富间寻求平衡，都旨在为个人带来机遇。只要食能饱腹、心有所求，人们就会更愿意关注自己，而不愿谈论国事；会更注意自己的消费或休闲，而不会主动参与与他们有关的立法事务。

致 谢 ——— 273

第一章

[中国的召唤]

何者谓之几，天根理极微。

——邵雍，《冬至吟》，出自《伊川击壤集》，11世纪

记得我还很小的时候，曾对着父亲写的一本关于中国的书出神。封面上用大写字母印着父亲的名字，显得格外雄伟。我已记不得那时我是否还看过他写的其他书，只记得这一本。

我之所以能记得它，或许是因为它的封面色彩鲜艳、画面独特：上面印着父亲——虽然很年轻，但也不难辨认——与他的朋友雅克·埃贝尔（Jacques Hébert）。正是他们的旅行促成了那本书的诞生。而那本书的标题也让我摸不着头脑：《红色中国的两位天真汉》（*Two Innocents in Red China*）。

谁天真？

加拿大的孩子是在沙坑里知道中国的，那是一个只要他们一直往地底挖就会到达的地方。当他们知道"10亿"这个概念的时候，他们也会了解中国，因为别人会告诉他们，中国有10亿多人。10亿多人！

我自己则与中国有着另一种羁绊。中国是个地方，这个概念，自我还在母亲腹中时就伴随着我：我的父母在1973年10月到访中国，而我出生于是年12月。娘胎里，在中国！——这对一个蹒跚学步的孩子来说，意义非同一般。

当我和兄弟们还是小孩，没有独自旅行过时，父亲曾对中国西藏进行过为期一个月的访问。这是我们出生后他离家时间最长的一次。在出发前，我们问他为什么要去，他说因为他从没去过西藏。

多么不可思议的答案！也许有一天我们也会去，因为我们也没去过那里。

这是他第一次长时间远离我们，所以他的旅行也让我魂牵梦萦。当他归期将至，我们的心情也愈发激动。回来后的他像变了个人，他的外表和气息都与原来略有不同。他的胡子长长了，皮肤晒黑了，还带着一股奇妙的活力。他浑身散发着一种力量，比平常更加积极和活跃。他的眼睛里仿佛还映射着他之前见到的风景，而他的身体也摆出了迎接它们的架势。

这是个焕然一新的父亲，不再像原来那样只充满耐心和爱意，而是像一个漫游了世界的自由精灵，一个独行的旅人，一个观察万物的人，一个拥有秘密知识的人。

他带回来的纪念品也在我心中留下了印记：藏香、转经筒、描绘山峦的画轴、哪吒大战孙悟空的连环画、色彩绚丽的京剧脸谱和木剑。

对我来说，旅行就是去那些从没去过但需要去的地方，带一些奇妙的东西回家，使内在和外在都发生变化。我开始明白父亲说的他曾经周游世界，去过100个国家是什么意思；开始感受旅行的塑造力，了解旅行的意义。我开始成为一个旅行者，至少在我心中是如此。

知识、旅行和中国在我心中混作一团。我隐约感觉到，旅行带有一种精神属性，始于内心的需求。我想，人在出发前可能是无知的，但在归来后肯定会有所改观。我们心中充满到什么地方去的愿望（乃至需求），因为未曾踏上的土地是吸引我们心灵的黑洞。因此，中国就像一座矗立着的关隘。我在童年时对它的认识、我父亲的书、我在娘胎里的旅行，给我留下的谜题多于答案。

我父亲原来从政，为了能有更多的时间与孩子相处，他选择了退休。这发生在我父母离婚后不久。我母亲再婚后定居在渥太华（Ottawa），开始了远离聚光灯的愉快新生活。与此同时，父亲带我们搬到了他的家乡蒙特利尔（Montreal），他想让我们在那儿上学并打算让我们见识到世界的多姿多彩。在20世纪80年代末和90年代初的几年的暑假里，我们和他一起游历了多个"世界大国"。我和兄弟们虽然年龄尚小，还不能自己出行，但足以理解耳闻目睹的一些事情。

我们旅行的时间有限，所以把目的地定在了冷战时期定义的大国，即联合国安理会常任理事国。1984年夏，我们来到了旅行的第一个目的地——苏联。我们的漫游从莫斯科开始，向南到达高加索山脉（Caucasus Mountains），至东到达东西伯利亚深处的阿穆尔河（Amur River，今为欧洲人对黑龙江的称呼）。第二年，我们去了我们祖先的故土：法国、英国和爱尔兰。我们租车穿越这些古老的国度，在经济型旅店过夜、吃早餐。

1988—1989年间的冬天，我们打算把暑期旅行的目的地定在中国。在变革期间游历中国，这个想法让我激动不已。连我那一向冷静的父亲都因为这些事件，以及它们可能对暑期旅行产生的影响而愈发兴奋。

在此之前，他已去过中国几次。第一次是1949年，在共产党军队最终击溃蒋介石的国民党军队的残余，将他们赶出其在上海最后的据点之前。他曾在中国目睹了巨变带来的阵痛，这次他或许有机会见证中国历史上的另一场大变革。

1989年，那年我15岁，我兴奋的原因不只是渴望见证历史。那时的我和现在的我都相信，世界属于那些能把握它的人，而且，每一代人都要重新把握世界。

在我的记忆中，父亲向我们讲述过他在世界各地的冒险经历。他讲过自己曾遭遇海盗和劫匪，甚至穿越战区和无人区。因此，一个处在动荡中的地方，或许能让我展开我所渴望的冒险生活。

但我们的中国之行还是延期了。

直到下一个春天，我才开始提议再次规划行程。而我的父亲还是有所顾虑。"这意味着光顾一个与加拿大断绝了所有往来的国家。"他说。

"那怎么了？我们又不是外交官。这是一次退休政客和他家人的私人访问，没有任何其他意义。"我说。

"中国人可能不这么认为。"他说。

最后，我获得了辩论的胜利，我们终于要去中国了。父亲心里或许明白，如果这次不去，我们可能就再也没有机会以家庭为单位去了。我16岁，哥哥18岁，弟弟已经开始觉得加拿大的荒野比跟父兄远渡重洋更有吸引力。不久的将来，我们就要各自分头旅行了。

回想当时，我意识到这一点可能给父亲带来了孤独感。他总是鼓励我们走向世界，去寻找挑战、探索奥秘，但他对我们成长的速度毫无准备。也许他感觉到自己能够教育我们或者参与我们学习的时间已经所剩无几。中国就是这样一个地方，它教会了他很多东西，也能够给他的孩子造成深刻而持久的影响。

如我父亲所料，中国方面出于安全考虑，不允许我们独自旅行。

因此，在中国方面的主持下，我们踏上了被精心安排的私人旅程。我们游历了很多地方，但处处都有导游。在一个又一个官员的接待下，我们穿越了中国，所到之处必有一名外事部门的官员和一名翻译随行。这样的旅行既罕见又呆板。

在我父亲最想看的东西中，有中国充满神圣气息的群山。他还说想坐火车穿过川西高原，到达喜马拉雅山脉位于云南省的亚热带山脚。

我记得自己不是很明白神圣的群山是什么意思。我的脑海里浮现出家里的画卷上描绘的高耸入云的峭壁，浮现出美猴王偷取蟠桃的玉帝天宫。

我们最终攀登了其中的两座名山。离开首都北京的第一站就是泰山，这显然是名山中最著名的一座。它矗立在平原上，以至于当我们靠近时，能够像看模型一样一览它的全貌。远远看去，山间众多庙宇就像点缀在一幅巨大的蓝绿画上的白点。一想到当天就能登上它的顶峰，我兴奋不已。

但到了泰山脚下后我们得知，导游低估了父亲的体力，并安排我们乘坐缆车登山。父亲提出了异议，他们很快达成了一个折中方案：我们从服务区沿着一条山路开车到半山腰，剩下的路程可以步行。

在北京时的条条框框让我和我的兄长积累了太多的剩余精

力，登山是把它们释放出去的机会。在一座几乎已经变成集市的庙里，焦躁的我们注意到，在栅栏边幽深的小屋里冒出一个奇怪的老道士。他看上去有100岁了，似乎得了白内障，看不清东西。他身裹蓝黑色的道袍，弓着背，皮肤上有斑点，稀疏的胡须有半米长。他身上散发着尿和草药的味道。一时间，我们对山里的这位老人产生了敬畏之情，但在登山使命的召唤下，我们很快就把注意力转回到石阶上，重新开始疾速登攀。

近乎光秃的山顶上风很大，几座庙宇散布其间。在等待父亲的过程中，我们变得跃跃欲试，准备开展更多的活动。贾斯廷（Justin）和我很快就酝酿了跑下山和其他人在山下会合的计划。下山的路一开始十分险峻，石阶又窄又陡，我们侧身用小碎步往下走。越往下，山体越平缓，台阶和狭窄的平台开始交替出现。于是我们跳着向下走，一次跨过多级台阶。我们在平台上冲刺，跳过一级又一级台阶。我们感觉自己不可思议，肯定打破了什么纪录。

玩闹着下山的我们并不知道自己的行为会对身体造成什么伤害。在数小时后，当我们回到旅馆时，麻烦就来了。在旅馆餐厅吃晚饭时，贾斯廷和我几乎抬不起头来，也很难把筷子送进嘴里。我们浑身发抖，两腿僵硬，不时抽搐，一回到房间就睡着了。

第二天早晨，我几乎无法起床。我的双腿硬得像木头，无法弯曲；背部也是僵硬的，不能伸展。我去找我哥哥，发现他也是一样的处境，不过刚跟父亲吃完早饭回来，而父亲还在餐厅不太高兴地等着我。于是，我一步步挪向餐厅。为了我自己，也为了转移父亲的怒火，我决定幽默处理，拿自己的窘境开玩笑。

当天晚些时候，当贾斯廷和我一瘸一拐地从这里走向某个旅游景点的时候，父亲把我们拽到一边，说："小子们，你们千万记住，中国人以前通常把西方人当成蛮夷。小心着点，看看你们是不是给了他们这么想的理由。"

后来，我成了真正的旅行者，穿越战区和无主的荒地。中国一直在我视野的尽头，而我对这个遥远的身影的召唤一直置若罔闻。我听说它正在发生剧变，但自觉还没有做好拜访的准备。我曾经是个蛮夷，蹩脚的旅行技术还配不上它。旅行还要延后。

我倾向于那些遥远而被误解的目的地，那些我能淡入淡出的地区。为了见识奇风异俗，我去过利比里亚的耶凯帕（Yekepa），马里的泰萨利特（Tessalit），马达加斯加的马鲁安采特拉（Maroantsetra），坦桑尼亚的恩加利米拉（Ngalimila），以及巴布亚新几内亚的马普里克（Maprik）。我挑选的是那些几乎没人想要造访的地方。这些小地方曾上演过大戏，也曾发生过奇妙的事情，我希望借此经历增长智慧。与此同时，中国依然遥远，被神秘和疑云笼罩，它巨大、多难、刻板、朴素，但它也从未停止对我的召唤。

1998年，一位新闻主编问我能否接受一份他所属机构驻北京办事处的全职工作。这着实具有诱惑力：成为新中国的早期见证人，学习它的语言，把自己的名字留在有分量的地方。但我仍不想跨过这道关隘。时间的车轮转动得太快，我的父亲年事已高，身体每况愈下，没有什么比待在他身边更重要。我要像他以前照顾我一样照顾他，陪他走过人生的最后一段旅程，或许还能回报给他一些他曾对我们付出的爱。

2005年，上海的一家出版社出版了先父和雅克·埃贝尔在华行记的中译本，并邀请我和雅克参加在上海举办的发布会。因此，带着这本有趣的小书，我终于再次造访了中国。

我简直认不出这是自己曾在1990年到过的地方。我决定把这次短暂的旅行当作我未来几年多次访华旅行的第一站。我下定决心，要了解中国。

如今，这个国家的飞速发展和日益增强的国际影响力是有目共睹的。中国现在是世界超级大国，它对资源的需求和惊人的生产能力改变了世界经济。中国不再是那个神秘、偏远、无法靠近的穷乡僻壤，如今的它，每天都在创造财富。无畏的探险者已不复存在，取而代之的是平凡的商旅和行脚的游人。

但中国仍不是个易于了解的地方。每天都有成千上万的人在这个国度漫步，欣赏眼前的风景。我们沿长城行走，我们赞叹紫禁城的宏伟，我们沿长江而下。我们的生活里充斥着中国制造，但还是难以理解这个地方到底意味着什么。

中国的幽深令观者沮丧，它是最为深邃的地方。它迅速而猛烈地变化着，对本国人都不曾停步，遑论外国人。虽然并不危险，但它还是令人难以招架。

异邦的国土都是谜，让初来乍到的游人陷入一种无知的孩童状态，迫使他们重新学习沟通与行动的基本规则。在一些地方，这种异化反应相对温和；但在中国，反应就极为强烈。它的疆域、行事的风格、与西方的隔阂让它的谜尤为难解，每一条线索都难以察觉。

语言则是另一个障碍。若想仔细探究中国和它的人民，我首先需要一名翻译。2006年夏，我联系到一位曾在中国生活数年的老同学德里克（Deryk），并让他面试了几名我四处搜罗来的候选人，条件是英语口语好、外向、聪明、有幽默感。

在几次面试之后，他推荐了一位名叫薇媛的年轻女士，她曾在中国最好的大学学习人文学科，曾在中国的一些偏远地区进行过艰苦的旅行，也曾在数个外国机构做过翻译。德里克还说她有幽默感，兴趣远在赚钱之上。在几封简短的电子邮件交流后，直觉告诉我，她对西方人的想法有所了解——这对与我这样的人打交道来说，是必要的。

我对自己的性格感到担忧。我感觉自己仍然是个乡巴佬；是个聒噪的、武断的家伙；是那个在泰山轻佻冒进、弄伤自己的孩子，从不注意自己刚跳过的石阶，看不见其中倾注的心血，也听不见它们所蕴含的祈祷。

我能在中国停留足够长的时间，获得足够深刻的体验，并得到一些启示吗？我的导游薇媛能够抵御我私人观点的狂轰滥炸吗？她能忍受我急躁的方式吗？她会不会对我大胆的想法默不作声，等着看它们自己经受考验？

一想到自己的心态和行为仍然可能在中国造成麻烦，我就感到畏惧。但对先父和他教诲的怀念，让我决定大胆一试。

第二章

[北都]

毋不敬，俨若思，安定辞。安民哉！
——《礼记》，公元前1世纪

2006年9月，我走下每天往来于中国的成百上千架国际班机中的一架，踏上北京的土地。飞机在跑道上滑行时，我一睹了北京国际机场航站楼的全貌。这是一座庞大而檐角倾斜的建筑，在雾霾和尘土中，铺展开来，像一座散发着微光的天宫，可望而不可即。

这座航站楼巨大而空洞。在玻璃顶笼罩的深处，我汇入了一股由商人和旅客组成的人流。通往中国的路已经迎客无数，远道而来的人很少会遇到阻碍。在申明自己的游客身份后，我被顺利地接纳进这个"中央王国"。

第一眼看上去，薇媛——我的翻译、导游，以及日后的辩护人和对话者——身材娇小，有些腼腆，然而又有不着痕迹的认真。她25岁，举止中透着尽责的年轻中国女性所具备的优雅和传统。在向城里进发时，我发现在薇媛安静的外表下，她像我一样非常有主见。她是自由职业的新闻撰稿人，能用流利的英语捍卫自己的观点。

"来年春天我会申请美国的研究生。"她告诉我。

"你认识曾经申请成功的人吗？"

"我最好的朋友已经在国外了。"她说。

"之后你去哪儿？"

她笑了笑，说："不知道。"

"这儿？"

"不好说。"

"你跟外国人共事过吗？"

"有几个。"接着她又补充道，"也有几个ABC、BBC，还有CBC[1]。"

"什么？"

"这是我们的说法。"她解释道，"ABC和BBC分别是在美国出生和在英国出生的华人。"

"我猜他们完全不像中国人。"

"对，很不一样。"

---

[1] 指在加拿大出生的华人。——译注

　　我想象着她话语背后的意思：一个充满好奇的、具有冒险精神的人，她评价、判断、创造理论，搭建自己的水晶城堡，让它们闪烁着意义的光辉，而后任它们倾颓、废弃。我和她能谈的话题太多，但现在我浑身乏力，还被时差所扰。我们的出租车，一辆有些年头的中国制造的大众牌轿车，穿梭在平坦的新高速路上，穿过浓重的雾霾驶向首都。在沉默中，我将注意力转向映入我眼帘的景色。

　　北京虽不能代表中国的全部，但也能揭示中国的很多东西。如今，对这个国家来说，首都可能比以往更有影响力、更重要。它酝酿着属于自己的品位和习惯，其中又隐约地带有些许中国各地方的共性。

　　1990年，我与父亲和兄长首次来到北京，度过的是一段极为呆板的时光。我记得自己看过一场不同民族的人身着传统服饰唱民歌的表演，我在苏联时，也看过类似的东西。

　　在中国广阔的领土上，人们的生活方式大相径庭，而反映了这一点的演出却带着不自然和刻意。它们常常让我觉得无聊。16岁的我心中另有所想，我把时间花在打量年轻演员上，寻找我最喜欢的身段和面孔。

　　心不在焉的我没能理解，表演所展示的是统一性而非多样性。重要之处在于，这些不同民族之间的关联，就像车轮的辐条一样，被连接在主导行进的车轴上。在那时，共产党员的地位更加显著，他们称自己是中国的中流砥柱，靠自己的力量恢复了从三个世纪前的清期初期就逐渐丧失的统一。

来自帝国边疆的人和物的游行表演，长久以来都是帝国权势的象征，证明中央政府掌控着所有地区。各种活力和热情降临京城，向世界宣布，中国是一个古老、多元、统一的民族。

自我第一次来算起，这座都城发生了巨大的变化。新的标志正在诞生。高度超过中国最伟大的殿堂——天安门的建筑如雨后春笋，遍布全城。壮观的国家体育场为奥运会而建，由无数如蛛网般的横梁构成，既美观又震撼。它旁边气泡状半透明的"巨盒"，是游泳馆，给人一种异世界的感觉。在城市另一侧的新商业区，中央电视台将会以巨大的折拱形示人，有些人说它像条大裤衩。城市中心，一颗"巨蛋"即将完工，那是新国家大剧院。这些奇异的建筑常被污浊的空气笼罩，它们象征着中国新的、未经探索的现实，不确定性与创新性并存。

与过去一样，无数来自远方的默默无闻的工人辛勤劳作，建设新首都——威耀四海的新紫禁城。

北京的中心——故宫，是世界上最大的空博物馆。它的建筑还在，但原来的人和物早已不见。在游客的大潮中，古人的魂魄已难以想象。

全盛时期的紫禁城，是个秩序森严的地方，是引导服从和崇拜的工具。紫禁城的不可一世正是因为它的封闭，它位于中国心脏地带不可触碰的核心。开放以供参观从来就不是它存在的目的。凡人接触圣所是对其神圣莫大的亵渎。

以紫禁城为中心，这座都城由数个同心圆构成。一环路是一条宽阔的马路，自东向西将整个城市分开，从挂有毛泽东像的天安门前穿过。站在天安门城楼上，可以俯瞰天安门广场。从这条大街向北，环绕故宫的林荫路构成第一环。

二环路沿城墙旧址而建，明朝时的都城就在这个范围内。这座都城是沿干道而成的巨大正方形，其印迹现在依然存在。南北中轴线是属于皇家的路，在它和东西中轴线的交叉点上端坐着皇帝。他是天子，主宰大地，掌管四方。皇帝以紫禁城为中心，统御天下。紫禁城正南边是天安门广场，然后是天坛——皇帝祭天的场所。

如今，天安门广场西侧是人民大会堂，它是召开全国人民代表大会的地方。毛主席纪念堂在广场南侧，在人民大会堂的东南方向，位于由紫禁城和天坛之间的旧中轴线上。权力的象征或许还在中心，但真正的权力在别处，且相当低调。或许藏在古老的胡同里，挤在传统的宅邸中。在广场、庙宇、空荡的宫殿外，在狭窄蜿蜒的街巷里，中国正走着自己的路。

居民住宅藏在3米高的墙内。在这些墙内，有多个家庭（有时能多达8个）住在石制或混凝土制的房子里，房子中间是杂乱的庭院；在另一些墙内，一个将军或党的领导人可能生活在宁静的花园中。不过，在开放的道路上，他们彼此交汇。自行车穿行于黑色奔驰车与运菜的板车之间，来回躲闪。爷爷手拿报纸，慢悠悠走向公厕；奶奶去早市；孙子去上学。

如今，北京早已超过了二环路的范围。数百年间，来自不同地区的形形色色的人在明代的城墙外安家立业，听候权力的差遣。士兵、商人、外国人和工人居住在三环内，他们是建设者，不是地主。

共产党接管北京后，同样需要三环，他们把工人、士兵安置在此，建立了工厂、学校、实验室——这都是治理红色中国和战胜敌人所必需的。

在三环内，到处都是办公大楼，在这些大楼里，中国的混合所有制经济正在腾飞。私营企业、国企、外企、跨国公司在此合作往来。新中国的强大得益于市场经济与计划经济相结合的、规模巨大的经济。这种经济的一个重要的部分就是沿着三环规划的。

与其他三环相比，四环附近的广大区域在很长一段时间内都被认为是更为世俗和次要的。它的主要功能是居住；它是各色人等的家，也是变动不断的地区。但随着新中国的飞速发展，四环和五环周边的区域也发生了天翻地覆的变化，商场、小区、体育中心遍布于此。

我住在德里克位于城市北部的居所，在一座崭新而现代化的高层公寓的第十七层。五座公寓楼包围着一个设有大门的公共绿地，构成了这个小区。德里克和他的英国未婚妻住在一起。通过这个位于城市上空的清爽崭新的住所的窗户，他们能够俯瞰四环路，一条有十二车道的大型快速路。路上的交通令人头疼。公寓里隐隐约约回响着千万台发动机的轰鸣声，日夜不停。德里克告诉我，天气好的时候，他们能透过客厅的窗户看到北面参差的群山，不过，天气好的日子并不多。

在中国度过了第一个夜晚后，薇媛与我在公寓里碰头。我们简单地做了自我介绍。她来自山东南部一座中型沿海城市，这是一片古老的土地，离中国最伟大的思想家孔子的家乡不远。

我们已经通过电子邮件为为期一个月的旅行制订了一个粗略的计划：北京—某个能代表当代中国的地方（或许在她家乡所在的省份里找）——一个村落—长江—中国中部的汽车制造厂—上海—珠江流域—广州—深圳—香港，然后回到北京。

"我是来这儿找答案的。"我说，"我希望我们看的东西、见的人越多越好——不只是记者、知识分子，还有农民和工人、活跃分子、艺术家、妓女、商人。"

"上星期我给德里克发了一些让你读的文章。"她说，"其中有一篇是关于一位致力于胡同保护的女士的。我认识她，你想见她吗？"

"我读了。"我答道，"在来这儿之前，我还读了其他关于中国以及北京的文章和书。关于胡同的破坏记录得很详细。我不想碰其他记者写过的话题，我要的是新主题。不过，鉴于我们还在安排计划，我们可以见见你说的这位胡同保护者。"我傲慢地总结道。

薇没有气馁，立刻提出了更多建议："电视制作人怎么样？宪法律师？"

"两个都行。有关北京基础设施建设的怎么样？你认识市政官员吗？做市政工程的人？水？电？排污系统？"

"嗯，不认识。"她犹豫着说，"而且我觉得我们不应该在旅行一开始就与官员会面。他们会问很多问题，而且安排与他们见面也很费时。不过，我们能去城市的水库看看。"

"太好了。"

我没吃早饭，而现在已近中午，我饥肠辘辘。我们从德里克的公寓下到楼下的绿地广场。在另一座高楼底部，有一片遍布餐馆的商区。不过那个地方正在翻新，唯一营业的是一家寿司连锁店。

"你吃日本料理吗？"我问薇媛。

"这是我们在中国的第一顿饭，你要吃日本料理？"

"可能有点滑稽。不管怎么样，你想吃吗？"

"想吃。"她有点赧然地说道。

我们走了进去，点了单。

"你是一个因为历史问题而对日本人心怀怨恨的人吗？"
我问。

"可能吧。"她微笑着说，知道我在逗她。

"给我讲讲日本和中国。"在等餐的时候，我天真地说道。

"拜托！你肯定知道些日本人在中国的历史。"

"薇，那都是很久以前的事了。"

"在中国，60年一点都不算久。"

我故意逗她，知道在中国存在反日情绪是意料中的事。

"这个话题到此为止吧。"她礼貌而严肃地说。

在中国所遭受的历次侵华战争中，人们对最近的那次来自日本的侵略记忆犹新，这非常可以理解。他们认为这次侵略特别残酷。从中国人的角度看，日本是中国的学生，是孔子和中国佛教的孩子。日本文化中很多重要的部分，包括文字，都源自中国。因此，日本武力相向让中国俯首称臣，对中国人来说是残酷的。在中国，唤起民众对外国侵略的记忆仍然是一个有用的手段，能够激起民族主义情绪，唤醒心底的负能量。因此，很多学校仍在宣传对日本的愤怒情绪。

午饭过后，在去见薇的胡同保护者朋友的途中，我们取道围绕旧城区的二环路。2005年，在上海举行的图书发布会结束后，我对北京进行了短暂的参观。在等待一名老修车匠给我修自行车的时候，我进入了环路边上的一片胡同居民区。那条狭窄又散见煤灰的胡同直通环路，和现代的快速路相比，简直是另一番风景。

在沿二环路行驶的时候，我发现那个修车铺所在的胡同区已不复存在。两条通向旧城区的要道——几百个商铺和房屋、街道、古树——都已消失，取而代之的是一座怡人的公园。它仿佛从天而降：老树、草坪、花坛、长椅、氛围灯，还有几段旧石墙给蜿蜒的步道装点了有趣的障碍物。眼前的场景让人产生巨大的错觉，仿佛一切原来就是这样。我让薇问出租车司机这座公园是新的，还是记忆跟我开了个玩笑。

"新的。"司机带着会意的笑容答道，可能还带着点对政府的行动力的自豪。

没了。修车匠和他的铺子没了，我开始想象。卖家禽的商贩没了。老寡妇和她在理发店后面的小屋没了。没了，都没了。没了，没人记得。我转向薇，承认胡同的破坏是个重要的主题。

"是的，我不用翻译。华女士法语说得很好。"她告诉我。

"真的？怎么会？"

"她的祖父是第一个到巴黎留学的中国人。他学的是土木工程，娶了个波兰女人。他们在中国生活，但他们的儿子后来又在巴黎学建筑，并娶了个法国女人。后来，他们返回中国，在中国把女儿抚养成人。他们的女儿就是你要见的人。"

"她有多像中国人？"我不禁思考出声。

"她曾说过，有时人们质疑她到底多大程度上是中国人，其目的是为了削弱她的话语权。她认为自己就是中国人。"

华新民与我们在使馆区的咖啡馆见了面。她有50多岁，看上去散发着母性的光辉。她有着亚洲人的眼形和蓝色的眼球，微微发灰的头发原来是淡棕色的。我们客套了几句后，她就进入了主题。

"你知道在北京谁拥有土地吗？"她的法语纯正又略显生疏。

"我想应该是国家，也就是人民。"

"不对。"她平静地纠正了我，"这是很多人都有的误会。共产党的政府只在农村进行了系统性的土地改革。大城市的土地并没有集体化。"

"所以人民——我是说个人——仍然拥有他们在胡同里的住宅吗？"

"对，很多人都是。"她用一种实事求是的口气说道，"直到不久前，我对我在胡同的房子一直拥有所有权。这是我祖父和父亲的房子。我在那里长大，在花园里玩耍。"

"后来呢？"

"政府拆了我的家。我想我仍然能说自己拥有被拆房子下面的土地，但那个地方现在建起了一座大商场。整个居民区都被拆了。"

"你不能阻止吗？"

"我们试过了，但是失败了——在房子的事情上。"

"这算是征用吗？"我问道。

华女士说："情况是这样的，这个城市已经被划分成了不同的开发区域。大型开发商设计了一切。他们和城市或政府的官员达成协议，瓜分了由出售新建的公寓、写字楼、商铺所得的巨大利益。这得有上亿美元。然后，政府会对相关区域下达征用通知，给搬迁设置严格的期限。居民被安置在城郊的公寓住宅区里，只能得到很小一笔拆迁补偿。他们必须离开自己的家，自己的花园，自己的邻居，自己的一切。如果不走，他们就会被逮捕，然后家就被拆掉了。"

"你能做什么？"

"所幸，这些事一般都不是滴水不漏。"她说，"开发商获得土地开发权和建筑许可是在征用之前。他们通常关注的只是获得土地，并不关心其法律程序，也就是说，政府的文件充满自相矛盾的地方。我将政府告上法庭，但法院通常不会受理这些案件。所以我找媒体，我制造声势，我找身居高位的朋友，我现身鸡尾酒会面责开发商。他们是罪犯，这应为人所知。"

她顿了顿，追忆了一下她所失去的，又说道："我挽救不了自己的家，但我或许能挽救其他的胡同。来，我带你看看。"她这样说着，催促我们去她在附近的家里。

　　华新民住在这个咖啡馆拐角附近的一座现代公寓楼里。屋内的装饰证明她是一位有文化的女士。这个地方简约而优雅，墙上装点着古画和丝绸屏风。我在想象中重构了她的历史。她出身世家，祖父肯定是非常优秀的人。他在20世纪早期就能留学巴黎，一定出身于中国的精英阶层。他是老北京的一名著名建筑师，肯定非常有绅士风采。他的儿子在中国和西方传统文化的精华中成长，浸淫于传统艺术，又和他一样，在巴黎最好的建筑学校接受教育。在华女士的家里，显然每个人都希望尊重艺术。我问她关于"文化大革命"的事，在那个残酷的时期，文化人饱受打击和虐待。

　　"啊，那是个有趣的时代。"她笑着开始了自己的讲述，"在那之前，我们有一座大房子，四周是个大花园。当我还是孩子的时候，我会在花园里假装自己身在丛林。'文革'时期，红卫兵把很多农村的家庭安置到我们的大房子里。我的家人退居到宅院后面的用人房里。情况还可能更糟，不过我父亲曾默默地为革命服务——之前的革命——所以我们很幸运，没有遭到进一步迫害。"

　　她拿出一本大相册，放在咖啡桌上，开始引导我们看。照片里有古老的石头房子、庭院、树、雕琢精美的木制屋檐、石龙、精心铺就的卵石路。这是胡同珍宝的一隅，在这些珍贵的私人空间中，曾有人创作出伟大的诗作，上演过充满激情的爱情故事。

人们在这里学会思考，学会如何正确地祭拜先祖，学会如何成为伟大文化的优秀传人。

她指着一系列照片对我说："这座房子，原本属于一位著名的将军，他还精通书法。房子外的花园有最为精美的回廊，不可思议的拱顶。看照片，上面有。"

"它怎么样了？"我问。

"没了。他们连石雕都不保护。"她翻了页。

"看看这座房子的大门，"她边说边引导我看照片上的一座石门，上面有精心雕琢的木顶，"这个也没了，被推土机压碎了。我亲眼看见的。"

"谁住在这些房子里？"

"很多家庭，普通百姓。"她继续说，"他们找我帮忙。至少他们让我过去，给他们珍贵的家拍照。他们说：'快来，推土机就在这儿呢！'"

照片一页又一页。她偶尔会指着几座房子，告诉我她成功救下了它们。但其中绝大多数照片都已只是影像：家、生活方式，都消失得无影无踪。在翻阅相册的时候，我一直同情地点头。

"我想开发商、政府官员都没什么历史意识。"我评论道。

"对。"她表示赞同，"他们没有感情，没有文化。他们的动机只有一个——贪婪。"

华新民感觉自己需要做一个总结："革命初期，巨变发生。

地覆天翻，这点没错。但我感觉我们现在正向全新的、更极端的地方进发——哪怕跟'文革'相比。那个时候，起码在寺庙和历史建筑被破坏时，它们有被破坏的理由，有种意识形态在里面。现在，中国的历史在被不假思索地清除。这是野蛮，是虚无。"

欢迎来到现代，我想。

后面几天，薇媛和我在首都穿梭，为旅行做准备、买机票、做调查。北京是个还在成长的巨型都会，我们经常被堵在路上，有时长达几个小时。这让我们有时间思考，进一步相互了解。薇媛并没为难我去评估她对政府的看法。

"我没什么意识形态，也不是共产主义者。"我告诉她，"不过话说回来，中国很可能也不再如此了。我只是不希望对这个地方过早下结论。"

"我相信如果你待上一段时间，看看情况如何，你就会更接近现实。"她不无感情地说。

"好吧，我能确信的一点是，中国不可能照搬其他地方的政治体制。"

"那你怎么看天安门？"她尖锐地问。

"我会这么想，如果我是中国人，我会到广场去，坚持自己的理想。但与此同时，我也不能对此后的稳定给中国带来的好处视而不见。"

"萨沙（Sacha）[1]，相信我，我一直都在这儿生活。这个政府和它的行事我再熟悉不过了。"她信誓旦旦地说，"我不觉得从腐败和不公里能生出什么好事。"

"那你看看周围，"我争辩道，"我看到惊人的财富在被创造。经济越发自由，中国越来越富强。"

"并不尽然。"她带着一丝微笑说，"不管怎么样，你知道孔子一无所有，但还是鄙视对财富的追求吧？"

"我不知道。我一直认为孔子告诉我们追求和谐。我认为富裕也是一种和谐。"

"不，孔子认为和谐只能来自美德。"

我们走进一家名为万龙洲的海鲜酒楼。穿过富丽堂皇的入口，我们来到一间满是水族箱的大厅。各色奇异物种在敞口的水缸里蠕动：各种大小和颜色的鱼、墨鱼、章鱼、八种螃蟹、四种龙虾、六种虾、叫得出叫不出名的各种贝类，还有"健康"的虫子——蜜蜂蛹、幼蚕、看上去很危险的蝎子。水族箱就是菜单，要点菜只要指一下水缸，说出想要的量和烹饪方式：煮、蒸还是炸，配豉油还是姜蒜。服务员会把你点的食物捞起来，把活海鲜送进厨房。

对中国人来说，似乎没有什么比与亲朋好友共享盛宴更令人

---

[1] 本书作者小名。——译者注

愉悦了。薇媛的谨言慎行也不能掩盖她对食物的喜爱。我一边吃着配有葱姜的蛏子和调味章鱼仔，一边向薇媛问起了她父亲的事。

"他是一名数学教授，后来当了高中校长。"

"你爷爷是做什么的？"

"农民，种地的。"

"我爷爷也生于一个农场。但他1934年就去世了。所以我不认为自己是农民，你呢？"

"也不是。"她笑起来，"我是城市的。但我小时候确实跟祖父母一起在农村里待过很长时间。所以农村生活对我来说一点也不陌生。"

"他们还健在吗？"

"都在。"

"我很好奇，'文革'的时候你家是怎样的？"

"对我祖辈来说没什么变化。他们被定为'下中农'，所以没有遭到任何冲击。我父亲因为也是农民出身，是大学里少数得益于'文革'的人。在所谓的知识分子被赶出校园时，他读了博士。"

"我能见他吗？"

"当然不行！"她斩钉截铁地说，"我好几年都没跟他说话了，也没这个打算。我不喜欢谈论他。"

午餐过后，我们回到德里克的公寓，为旅行订更多机票。我们坐电梯一直到十七层。这实际上是十四层，因为楼层号没有四、十三、十四。

"德里克住在这层是有原因的，这层基本是空的。任何一个中国人都不愿意住在十四层，虽然标的是十七层。四和十四都是很糟糕的数字，听起来像普通话的'死'。"

"这在我看来可够蠢的，你不觉得吗？"

"拜托！这是传统。我们中国人的成长都是躲不开迷信的。"

"但你看起来还挺理性的。"我调侃。

"你没听明白。我选择迷信。"她反驳道，"传承祖先的信念是尊敬他们的一种方式。迷信是表达敬畏的行为，对祖先应该心怀敬畏。"她这样说着，对自己的英语表述有些不确定。

"敬畏？你确定要用这个词吗？"

"它意味着畏惧和尊敬，不是吗？"

"对。你是想这样描述自己对这些信念的感觉吗？"

"是！"她坚定地说。

薇媛有很多身处活跃分子和知识分子圈里的熟人，都是在北京大学读书时认识的。她显然也是一个专注的学生，和很多教授都保持着联系。

她安排了我们与她原来的教授贺卫方会面。见面的场所名为醒客咖啡，这是人文学生聚会的地方。快到的时候，薇媛给我解释了这个咖啡馆名字的真正含义："醒客的意思是清醒的思想者，这可能来自中国的一位伟大诗人屈原，两千多年前，他在遭到迫害后自尽。他写过这样的话：'何故至于斯……众人皆醉我独醒。'"

咖啡馆的正门很雅致，它通向一段灰尘覆盖的楼梯，楼梯底部坐着一位秃顶老人，咧嘴微笑着。

"我喜欢这地方。"在上楼的时候薇媛告诉我。

到了二楼，我发现氛围有变：墙被漆成黑色。咖啡馆在一边，另一边是万圣书屋。我们走向咖啡馆。穿过几个展示柜的时候，我看到了贾雷德·戴蒙德（Jared Diamond）、米尔顿·弗里德曼（Milton Friedman）、爱德华·赛义德（Edward Said）作品的中文标题。

咖啡馆时髦而忧郁，显然广受年轻知识分子的欢迎。我们走向一张靠窗的桌子，在那儿等贺教授。能够再次见到他让薇很兴奋，她向我简要介绍了他的情况。他的专业是宪法学，他特别关注因中国的双重居住体制——也就是户籍制度——所引发的歧视案件。他是政府的批评者，是少有的、写过公开信批评中央政府的法学者之一。

贺教授到了，他有50多岁，看上去就很像教授，饱经风霜、举止优雅。开场白和几根烟过后，他开始跟我讲中国宪法。

他表明了自己有趣的立场，他相信规则和法律。他认为，制定法律来反映当前和未来社会的最大利益，让社会能够无碍地服从是很重要的。因此，宪法既应该是现行法律的框架，又确立了立法程序，以引领社会平稳前进。

他有策略地反对政府，并没有跟中国政府的法律叫板。恰恰相反，他认为政府必须尊重自己制定的规则和法律，不论它们是什么。因此，他没有从道德层面寻求论据，而是在对政府的支持中形成了一个实用性论据。他的出发点是一致性，而非道德正义。在这个意义上，可以说贺教授在帮助政府遵循它自己的逻辑。

他相信法律能改变社会。中国或许不用再受紫禁城指挥，但类似的政府模式仍在继续。权力仍是不透明、难以接近的。这必须改变。让权力可以回归到一个能被见证、参与、改变的地位。

后来，教授给我介绍了户籍制度。他解释说，在共和国成立之初，1954年第一部宪法，保障了人民的自由流动。但宪法的实施是另一回事。1949年以后，中华人民共和国就在管理和控制农村的人口问题。为了国防、食品和工业生产的需要，国家需要这些人。

在"大跃进"时，上百万农民被迫离开土地，参与到混乱的工业生产中。运动失败后，情况恶化：背弃了稼穑的农民开始挨饿。很多人离开农村，饥荒加剧。人口的自由流动必须受到限制。

后来的宪法反映了限制农村人口流动的需求。在过去的30年里，情况向另一个方向转变。城市制造业的发展需要农村劳动力的不断注入。对人口自由流动的限制被放宽了，因此城市能够吸引来这些劳动力。但它极不稳定，且需要谨慎管理。不是谁都能到城市定居。人口的流动是被允许的，但其地位不容易得到法律保障。所以，这些劳动力是暂时的、廉价的。

"现在，个别地方有官商结合的现象，资本家、企业家从廉价劳动力中获利。"教授解释道，"这种结合让工人没有什么讨价还价的实力。"

"但这种结合也确保了中国在世界经济中的地位。"我指出。

"对，这就是中国成为世界工厂的原因。但没有适当的法律环境，就不存在真正的长期稳定。未来20年很关键。"他叹息着总结。

"你认为，中国能很快实行自由民主制度吗？"我问。

"有一件事是确定的：我们需要改变，我们需要不同，也存在改变的空间。对经济来说，也是如此，我们需要司法独立。"

"党内是不是有个老领导说过，好东西需要时间？"

"我跟他说，不对人民负责的体制不会带来好东西。除了民主，我看不到什么其他选择。"

"所以很多人都参与到这个宏大的计划里？"

"我知道这不会容易。"他温和地笑着说。

"已经开始了吗？"

"对一些人来说，是。"

薇媛的另一个老师，曾教她纪录片制作的王越教授，当时是中央电视台的节目制作人。他制作了《大家》系列节目，在科教频道（中央十台）播放。薇媛告诉我，这是央视最好的节目之一，她很喜欢看。

薇媛和我约好在位于城东的央视大楼前见面，她让我在距离王教授办公楼不远的大门旁边等。"你会看到有卫兵守着。"她补充道。

确实，央视的办公楼有军人把守。我想象了一下加拿大广播公司设在某加拿大军事基地的画面。

薇媛堵在路上了，所以王教授先出来见我，带我走过卫兵检查岗。他为自己工作地点的性质表达了歉意。"你们国家的电视台不是这样子。"在我们登上旧混凝土办公楼那满是尘土的楼梯时，他说道。他相当年轻、身体健壮。

"事实上，中央电视台有一个巨大的新的堡垒，所有频道都在那里。"他继续说道，"一个造价昂贵的现代化大楼你应该已经见过了。不过，我的办公室在不那么华丽的地方。"

他的办公室很狭窄，只有他的新电脑。我不知道该聊些什么，所以问了与他的频道、节目和纪录片有关的技术问题。

我了解到，他的节目制作人物纪录片。他最近才成为制作人，负责管理6个导演和12个后期制作人员。在升职之前，他也是导演。

"你的纪录片讲的是什么？"我问。

"名人——电影明星、电影制作人、艺术家、商人。"

"政治家？"

"有时候会有。"

"你的片子很有影响力。"

"还可以。"他高兴地附和。

"谁来告诉你该做什么？"

"没人告诉我，他们只告诉我不能做什么。"

"他们是谁？"我问。

"央视十频道的制作人。我做《大家》，他们负责整个频道的节目。"他又饶有兴致地补充道，"我的工作非常困难。"

"我知道。"

他点点头，咧嘴笑笑继续说："当然，我会拒绝那些试图走后门的行为，尽管礼貌地拒绝并不是那么容易。"

他的节目在全中国范围内播放。国内几乎每一台电视都能收到央视的信号。对加拿大的纪录片制作人来说，有100万观众就足够他们自豪了，而他的节目每天晚上都有上千万观众。这能算得上是一个重要渠道。坐在E座第三层的朴素办公室里，他能够影响全中国人民的价值观，通过介绍中国的名人，塑造新偶像。

"电影明星始终是保险的选题。"他说，"非常受欢迎。"

他解释说，这是因为崇拜他们不会有什么后果。商人也比较好接触，因为他们的目的简单明确：卖产品。艺术家和音乐家通常比较难对付，信息会更难引导，不过政治家是最敏感的。在中国，政治很微妙。他告诉我，跟这些人打交道好比走钢丝。

"怎样算是好的纪录片制作人，教授？"薇媛刚一到就提了这个问题。

他说："我觉得是经历丰富的人，受过苦的人。有很多疯狂情史的人。离过婚的人，破产到一文不名的人，居住过很多地方的人，经历过烦乱和流离的人。他们总是对人性抱有最深切的同情和理解。"

北京城北面是长城，绵延在十分崎岖的山麓上。看一看长城和群山就会发现这个地区有多干燥。北京是处在沙漠边缘的城市。山脉西边的另一面是一片尘土飞扬、沙石遍地的荒漠。当风从西面吹来时，首都就会被黄沙吞没。

中国的首都像洛杉矶和墨西哥城一样，都在环山的谷地上。没有风的时候，谷地上空会聚积气团，里面满是汽车尾气和刺鼻的工业废气。在北京，眼睛经常是刺痒而布满血丝的，很多孩子都有呼吸道疾病。这个城市的空气有时候会给身体造成严重的伤害。每天都有几百几千辆新车上路，空气质量也不太可能有改善。

不过，对首都来说，还有比空气质量更值得担心的——水。首都周边的省份在过去十年里经历了前所未有的干旱。这个地区的水越来越少，而城市需要的水却越来越多。

在二环路以内的老城区里，很多住房都没有抽水马桶，十几个家庭共用一个厕所。但随着拆除旧房子让位给现代建筑，新的高层建筑配备了现代化设施，当然也包括抽水马桶，城市的给水线路倍增。

给这个城市提供水的水库位于干旱的山区，距沙尘发源地不远。当沙尘过于严重的时候，市政部门会向天空发射火箭，在大气中释放碘化银微粒。这些微粒能吸收水分，给首都带来降雨，让沙尘潮湿沉降。但这种奇怪的方法也有代价：大气中的湿气被吸走，不能到达山地和西部的荒原，使这些地方更加干燥。这又给北京的水源造成压力，加剧了水土流失和沙尘问题。

谁都不知道这个循环的结果会是怎样，但有一件事是可以确定的：更严重的水和空气的问题在等待着首都。薇媛和我希望到城市的一个主要水库看看，因此我们租了辆车，向北进发。

薇媛不止一次地跟我说过，一般中国人可能不愿意跟我们交谈。"你说的那些'一般中国人'对外国人有戒心。"她说。

我向来不善于营造第一印象。薇的悲观并没有使我气馁，我强调，她才是那个需要跟人接触的人。我告诉她，我会表现得置身事外——百无聊赖、心不在焉或者头脑简单。我说："就像我根本就不在那儿，像一个不经意走到你边上的中国深度游游客。"

"想象不出来。"她回道，"不过我会试试。"

城市几乎蔓延到了山区。在雾霾笼罩下，我们到了很近的地方才能看到山。在山脚下，城市变成了乡村，周围散布着苹果园和桃园。明朝的皇帝就沉睡在这些山脚下。对去往长城的游客来说，这些陵寝也是参观地。

坟墓对中国人来说很重要，是人类在地球上短暂存在的见证。中华文明是建立在祖先的记忆之上的，它的连续性因祖先的仪式而巩固。皇陵更重要，它们是一个时代的遗迹，但是，我们的旅程将我们引向了其他的意义载体。

我们转向东北，追随着沿山分布的文明，到达了一片工地。巨大的机器正在铺路盖房，透过机器吞吐的烟雾，我们看到了平原以外的第一个古老村落。这是北京的尽头。

当天早间，我们喝了很多茶，想进村找个地方方便一下。穿过村子的路原来是铺砌过的，但应该有几十年没人打理了。轿车和卡车在路面上留下了很多大坑，现在坑比可走的路还多。

我在第三世界的很多地方都见过这种路，这些地方没有持续发展。它们在破败，被疾病、战争和贫穷撕扯。这个村子也在劫难逃。

自打政府开始修建大路后，卡车就不再从这个村子走了。事实上，在穿过这个村子的时候，我感觉这里应该不再过车了，只有邮递员还每星期来一次。

街道上都是人，老人。他们热情地给我们的车清道，对我们拜访村子的原因有着淡淡的好奇心。我笑着让薇告诉他们，我们是来他们村撒尿的。不论粗俗与否，她认为这确实是合理的。"这难道不是我们来的原因吗？"她说。

"太对了！"我表示同意。

我们停下车步行。

村民的衣服是灰黑色的，睡衣样式，男女同款。但这不是简单的衣服，而是制服，是政府在早先发放的。甚至还有配套的帽子。在无处不在的贫困映衬之下，他们显得格外庄严、沉默而意志坚定。

薇礼貌地向一位年长的女士询问公共厕所在哪儿，她给我们指了主路分出的一条土路。公共厕所是一个小砖房，在另一个建筑边上。从外观看，它应该是清朝时建的。我让薇先去，然后自己走向路尽头空旷的田地，她让我走得越远越好。

我逗留了一会儿，打量着田地边上的砖房。回去的时候，我看见刚才的女士正在和薇聊天，我不想打扰，于是决定去找点喝的，但很快发现在这个村里完全没戏。我想起来车里有瓶装茶。拿茶的时候，一组老人引起了我的注意。他们七个人排成一列，待在似乎是邮局的门廊上。有的蹲着，有的站着，有的坐在小折叠凳上。有几个人穿的制服不是黑色的而是灰色的，他们都很利落。肯定是老保安，我心里想。

薇过来告诉我，刚才的女士是个寡居的祖母。她的孙辈都在附近的学校，女儿在城里工作，儿子在更远的地方工作。他几年前回来过一次，待了一段时间就又走了。她非常想他，但不知道自己是否还能再见到他。现在所有成年的孩子都离开这里去工作了。

薇问了她关于水的情况，但她不能理解这个问题，也没有给出一个明晰的答案。

薇说："还有一件事，他们是满族人。"

"你怎么知道的？"

"看脸，听口音，还有学校。"她说着，指向街道。墙上挂着满族风格的小旗子。它们在风中飘着，张扬着自己的图案和色彩，像被穿成一串儿的儿童剪纸。我们稍微集中了注意力，就听到耳边飘起声音。孩子们用普通话吟诵的声音隐隐约约地回荡在整个村庄。

"问问我身后这些人水库在哪儿。"我催促薇。

他们中的几个指了方向，但又告诉她，走这条路的话我们到不了那儿。回到你们来时的路上去，他们说。然后他们问她我是谁，为什么看着这么严肃。

"他是个游客，就长这样。"她说。

冤枉路走得够多了。

薇问了有关村子的一些事，又问了他们是哪个旗的。这些人只是耸肩笑了笑，祝我们一路顺风。我们便识相地走了。

"满人来的时候是军队。"在我们离开村子的时候，薇解释道，"每个男人都是军队或部族的成员。这些组织叫作'旗'，因为它们插着旗做标志。这就是学校那些旗子的含义。"

那些人看薇时的诡秘眼神突然具有了更多的意义。他们用意味深长的沉默传达着："对，我们是满族人。"这既是警告，也是道歉。它意味着薇的问题没有意义——可惜，这些部族的时代已是过去。而现在的他们，满族人的身份，就像她刚才的问题一样无足轻重。

满族人统治了中国最后一个王朝。他们的大军从北方而来，击垮了颓败的明帝国。像明朝之前的蒙古人一样，满族人建立了清朝，并开始了统治。这在最初数量占多数的汉族人看来，无异于一种外族占领。

清朝早期的皇帝在各个机构中安插满族人（又称"旗人"）来控制国家。为了维持稳定，他们还在软手段外准备了硬实力：

他们自己的满人大军时刻待命，永不放下武器。

清朝的军队和现代军队不同，他们更像是部落。当满族人的贵族成了中国的主宰，他们的成千上万的部族就跟他们一同进入中原。旗人和他们的附庸得到了全国重要城镇周围的土地，他们的营地成了军事村落。

北京北边，明十三陵附近的村落，可能是几百年前满族建制的残存。在一段时期里，它们保障了中国的安全。这些村子里的人既靠近老皇城又在山脚下，而山的另一面就是满人故地，甚至有可能是清朝皇帝的保留地。不难想到，紫禁城中的皇帝可以调动这些人，命他们出征。清朝早期的军队肯定很强大，三军用命，上下一心。他们或许非常勇猛、有组织、忠诚。他们正是那个时候的中国所需要的，但是可惜，在海洋霸权占主导的时代，他们并非航海高手。

因此，在那个时代，满人威武的军旗也难逃破败。囿于中原悠久强大的模式，清朝也进入了万物循环中，慢慢变得衰弱。阴阳循环的思想自上古时期起就支配着中国。黑变白，热变冷，强变弱。

我们离开那个村子，回到了北京边界的工地。这个村子的未来不难预料，它会被机器扫荡，被新首都吞没。在这里，会出现一种崭新的生活，那是中国从来没有见过的。

很快，游廊、公厕、邮局——类似的建筑和老人都会消失，孩子们会进入更新更大的学校。或许这就是他们在现在的学校挂上旗子的原因：像是在说，孩子，不管发生什么，记着你是旗人；不管听见什么，抬起头，因为你是满族人，是曾给中国带来和平和繁荣的人。

我们终于找对了方向。两条山脊间一个宽阔的峡谷在我们面前展开。阳光明媚，土地肥沃，没有村落。大坝就在眼前。这是堵巨大的水泥墙，连接着两个山头。我们沿一条蜿蜒的通向山顶的小路驶向水库，沿途有许多佛塔和坑游客的饭馆。

在接近山顶时，水库映入眼帘。广阔无垠、风景如画、群山环抱。道路环绕着人工湖，通向峡谷后方，那里有一条小溪从山上流下，那是湖水的来源。时至九月，溪床看上去是干的。我们看到一个小村子，决定在那儿停下。

村子由一系列紧紧围绕着中央庭院的土砖房构成。院落之间由窄巷连接。从院墙看过去我能认出两种作物，长得高、有羽状穗子的无疑是玉米，另一种长在藤上的是葫芦。我们拐到一条通向村子深处的小巷，碰到一位戴着草帽的老人。

"打扰了，老先生。"薇以适当的方式展开了对话，"我想了解一下这个村子。这是个老村子吗？"

"是。"老者迅速回答，"有一段时间了。"

"您高寿？"

"80多了。"

"噢，就您这个岁数来说您身体真好啊。"薇说道。

"对，住在山里对健康有好处。"老人高兴地说，"跟城里不一样。每天早上我都爬山看我的核桃树，就当锻炼了。"

他从兜里掏出几个核桃，自豪地展示给我们看。他盯着我看了看，然后笑起来："我敢说这肯定是个老外，准没错。"

"对。"薇继续说道，"我们从城里来，要到水库去。水位通常都是这么低吗？"

"不是。今年夏天太热，甚至有点旱。不过河里现在又有水了。"

"您在这儿多长时间了？"薇问。

"一辈子，在建水库之前。不过，我年轻的时候在林彪的部队里当过兵。"

林彪曾是共产党最杰出的将领。他的军队在一系列战斗中击败了东北数量众多的国民党军队。那是革命最为激进的时刻，解放东北让无数北方人改变了阵营，最终使蒋介石逃往中国台湾，共产党在中国大陆取得了压倒性的胜利。

通过在北方取得胜利，毛泽东取得了成功：这个湖南人让全中国——包括北方人——相信，他会给中国带来新的秩序。没有林彪和其他无数人的帮助，他是无法实现这一点的，但不管怎样，东方红了。

20世纪60年代的一系列诡异的事件让林彪没能得到寿终正寝的结局。据报道，他葬身在了蒙古国的大山里。

历史或许不能记录下这个结局之前的种种发展。命运已经降临到"文革"头上了——要为不理智行为负责的高层已经纷纷离世；参加的人和受迫害的人，不愿意或不需要记得它，而且，现在他们也老了。

中国历史学家对"文革"讳莫如深，仿佛它不存在。外国历史学家一般用邪恶、古怪、幼稚、诡异这种词来描述它。没人能够给出全面的解释。但在这里，老首都的边缘，这个满族老人骄傲地记着林彪，他是个勇猛的将军，谁都想在他麾下战斗。

两个提着菜篮子的年长女士走了过来。她们温和地批评着这个跟陌生人口若悬河的老头。她们虽说友好，却针对我们。

"你们是什么人？"

"游客和导游。"薇说。

"找什么呢？"

"吃饭的地儿。"

考虑许久之后，她们终于达成了一致，村口有一家人可能会提供食物。现在，两位女士开始主动聊天了。薇引导她们聊水的问题。

她们限时供应自来水，说这话的时候，她们对这个寻常并不易见的现象没有表现出丝毫恐慌。或许她们还记得需要从井里打水的日子，因此，对她们来说，屋子里的水龙头每天供水几小时足够奢侈了。

"北京的用水就是从这儿来的。"薇告诉我，"北京城里一直都有水，但你看这儿怎么只能定时供应？更远的田地里水更少。我读过的一些文章说，北京远郊的人经常没有足够的水浇庄稼。"

我们走向她们推荐的那间房子。我们的车正好就停在边上，我找到司机，请他跟我们一起吃饭。相互交流之后，房子的女主人明白了她所要做的。她领我们穿过一间房子，来到砖房围绕的庭院里。我们的女主人三十五六岁，一位年长的女士给她打下手，她年幼的儿子也在，刚从学校回来。

他们都是农民，饱经风霜、务实、顽强。在这个阳光明媚的温暖秋日，坐在庭院里很舒服。地面一半铺着砖，另一半是种了东西的土地。秋收将至，成熟的玉米色泽金黄，格架上爬着藤蔓，给庭院铺砖的一半带来了斑驳的阴凉。葫芦垂着，硕大饱满。庭院后墙边搭着一个木制厨棚，从里面拽出的凳子被放在藤下的桌边。我们受邀坐下，还被招待了热水。

我观察了露天灶，砖制灶台托着一口大铁锅。女主人把干玉米皮和谷壳扔进灶台下的热灰里点燃了炉火。不一会儿，她开始用蒜和山里的香料炝锅。她注意到在附近转悠的我，笑话了我难以掩饰的兴趣。

我们的一餐里有带壳辣炒的水库虾，蒜和香草炒的宽扁豆，肉和菜熬制的浓汤。

那个小男孩既害羞又对我们有兴趣，他假装在旁边做作业，却专心地看着我们。他剃了寸头，膝盖和脸有些粗糙——是个健壮的孩子。我要还是孩子的话，应该会和他这样的孩子一起撒欢。

薇问他有没有在学习，他以一种生硬却友善的方式给出了肯定的答案。他的母亲告诉他，我们是从更大的世界来的，他应该跟我们聊聊，看看我们是什么样的人。她告诉我们他在学英语，还让他用英语跟我们说话。孩子满足了她："One，two，three…"他专注地说着。

我们继续交谈，笑声多于言语。女主人想知道薇和司机是从哪儿来的，碰巧他们都是山东人。对这个巧合，我们一起放肆地笑出声来，并为山东干杯。这顿饭总共花了20美元。

"跟我讲讲山东。"在回北京的路上，我问薇。

"我们那儿的人，山东人，遍布各地。"她说。

"为什么？"

"山东人口一直很多。水灾、旱灾、贫困一直都迫使人们往外地迁移。但这个省也是中国信仰的来源，孔子和孟子都出生于此。所以，它一直存在于我们的脑海中。"

"很高兴我们的下一站就是那儿，能够探索中国精神的地方。"我说。

"你信教吗？"

"这么说吧，我信鬼魂。"我微笑着回答。

"鬼魂！你不是还笑话我迷信吗？"她说，"我以为你是那种讲科学的理性主义者。"

"我只是在挖掘你信什么。"

"好吧，我觉得确实应该对宗教保持警惕。"薇媛说，然后又补充道，"老子说'慧智出，有大伪'，他的意思是让我们小心所有有组织的信仰体系。"

"在我看来，所有有组织的信仰体系都是美的，也是脆弱的。"

"我得承认，我对精神层面的东西一直都很感兴趣。"她说，"有关宗教的事是谁教给你的？"

"我父亲。"

"我也是。"

第三章

[老东部]

枕戈待旦。

——《晋书·刘琨传》，7世纪。

　　我们乘坐租来的车前往山东省。第一个目的地是济南，这是黄河岸边的一座工业城市。它在北京南边，有6小时车程。高速路穿过一片由精耕细作造就的惨淡田地。地面被压得平整，全部用来生产粮食。谷物、白菜、大豆、玉米之间偶尔穿插着用来防风的白杨树林。从高速路上看，这一地带似乎没有人居住。高速路的规划者避开了人口稠密的聚居点，所以它们很少出现在视野里。

　　到达济南之前，地面上出现了更多的河。两千年来，人们都在利用黄河进行灌溉，如今亦然。处处都有堤坝和水道。最后，黄河本体出现了。许多平桥横跨其上，当我们驶过其中一座桥时，视野开阔了一些。济南像一幅画般沿河展开，许多混凝土高楼和烟囱衬在迷蒙的蓝色山丘前。一列火车越过黄河，另一列火车在对岸的轨道上行驶，这让眼前的画面更有工业感。

济南，一个重要的枢纽，既处在连接北京到上海的南北轴线上，又处在黄河流域的旧东西交通线上。虽然它巨大而活跃，对外人来说，却没什么吸引力。

我们在工业城市济南落脚，准备见一个提倡新儒家运动的年轻男子。吴笑非是我们在网络上发现的，他的个人主页上有古代儒家弟子衣袍的图案。显然，他根据这些来为自己做衣服。

在去见他的路上，我们打了很多次电话，以确定他在这个杂乱无章、毫无特色的城市中的具体位置。对我们的到访，他并不很适应，所以给了我们一些预警：他和父母同住在一间朴素的公寓房里，几乎不会英语，可能不会穿袍子见我们。这些警告只能让我们对这位不一般的人更加好奇。

我们终于找到了他所住的楼。它在城市的深处，是一座不起眼的公寓楼。为了最大限度地利用狭窄的起居空间，阳台通常会被玻璃或塑料包住，用作储藏间、洗衣房、厨房或花房。所以，这些建筑的外观看上去就像一摞塞着东西和植物的玻璃盒子。

我们从街上穿过一个入口进入内院。里面的陈设更为混乱。院子的一部分被用作停车场，但散布的车辆都是待修的。有一部分空间分给了一大堆自行车，还有一部分供孩子玩耍，几排菜垄，以及一些四处蔓延的瓜藤。我们头上的阳台更为破旧和杂乱。院子里还建了几间砖房。他的住处在后面的底层。

一系列拥挤不堪的屋子组成了一个阴湿的单元，这便是他的寓所所在。前两个房子是客厅和卧室，后面是厨房，厕所被一个木柜子包裹住了，仅有的几扇窗户对着对面建筑的墙或窗户。整个地方是脏乱的。

吴的外表和他的世俗的住所形成了鲜明的对比。他选择穿袍子，以一套亮白色的长衫出现在我们面前，他的长发上别了簪子。他很年轻，摆弄着十分纤细的胡子。他用传统方式跟我们打了招呼：鞠躬，在胸口抱拳。

他告诉我们新儒家运动基本是一场草根运动，然后仔细地向我们解释了其教义："有些人认为，当我们的国家恢复繁荣之后，人们希望恢复我们的文化认同，回到民族的根基上来。其他人会说，它来自每一个中国人的内心，每个人都希望知道我们从哪里来，我们是谁。不管怎样，各层次的人都有参与到这项运动中。比如，很多比我还年轻的人开始穿汉服；还有比我大10岁、20岁的人，花时间读古文；还有一些人是'桃源'实践者。当然，我们有自己的忧虑，但我们很乐观。"

"你是怎么参与的？"我问。

他说："当我开始学习时，我对西方的思维方式很感兴趣，尤其是存在主义。我对自由和平等，对个人参与社会变革这些概念也很感兴趣。但与此同时，我发现学校里的学习氛围充满压抑和阻碍。我很痛苦，需要出口。我开始读古典文学，令我惊讶的是，古典文学和课本上说的完全不一样。孔子在面临绝境时的积极态度令我震惊。我很受鼓舞，开始调整自己的情绪。我变得乐观了。"

他承认一开始没想到自己会成为儒学者，但他讲述了自己是如何对中国历史产生更大兴趣的："我开始想象古代是什么样子，古代人是什么样子，他们怎样行事，他们信什么。几年以后，我在网上碰到一位大师，他给自己做传统的袍子，就像我现在穿的这种。我意识到，古人的生活和姿态并不是遥远的梦。它们都是我现在能拥有的，我需要的只是行动起来。"

"你决定这样生活有没有遭到过反对？"

"从我记事起，我的父母总会给我很多自由。如果我想要的事物合理，他们就不会干涉。我想，我穿传统礼服、研究经典，对他们来说应该是合理的。一些远亲可能会认为我很奇怪，但也没有什么实在的反对。至于朋友，他们都很支持，虽然当我穿着这种衣服跟他们一起上街的时候，他们有时会躲开我。"他微笑着回答。

他的房间在公寓中间，是前两个屋子和厨房间的过道。通路几乎完全被储物箱挡住了。他的床靠着墙，上面堆满衣服，在一扇窗户的正下方，窗户不透亮的玻璃上有几道裂纹。一张小书桌上盖着旧书和纸张，他的屋子几乎没有地方放电脑。

他给我看了几篇他在网上发表的文章，内容是礼服长袍的技术图样和手工制作方法。"祭祖用的长袍。"他说。

"你崇拜祖先吗？"

"算是吧。我查证他们是谁，然后从他们身上学习。"

当我们走出院子回到车上准备离开济南时，我打趣说："嗯，孔夫子的魂肯定是在C楼七单元一层。"

靠海的青岛在济南东边，是山东最大的城市，因其啤酒而为西方所知。薇曾在这里生活，有两个熟人的履历和我之前说的兴趣吻合：中产企业家和出口制造商。她还提了第三个人，履历涉及一个完全不同但也很吸引人的领域：一个医学教授，出版着中国最大的男同性恋杂志。

我们飞到青岛。作为共产主义革命的标志，客运铁路正在让位于其他交通方式。就像中国道路上私人汽车的增多一样，航空旅行的激增是中产阶级蓬勃发展的标志。多年前，飞遍国内对广大中国人来说都是难以企及的，但现在，在我们乘坐的晚间航班上，有学生、官员、企业家，甚至还有少数老工人和农民。

青岛机场崭新洁净，能够应付日益增多的旅客。中国现在的领导人也对乐观主义的力量深信不疑，经济的持续增长似乎就有此功效。无论如何，正是在这种信念的驱使下，资本被大胆地投入到基础设施建设中。近几十年来，数以百计的新机场、高速路出现在中国各地。

青岛是座山城。我们在灯火通明的高架路上飞速前进，这条路从机场一直蜿蜒通向老城区所在的海岸。薇说，虽然她出生在100公里以南的另一座海滨城市，但青岛是她长大成人后的第一站。

路上她与出租车司机闲聊。通过调整讲话的音调和节奏，薇对这位板着面孔的老汉采取了一种听起来充满敬意又带一点女孩子气的交流方式。她话语中暗含恭维，但是又仿佛带有天真的好奇，使得她的沟通更容易打动人，能让哪怕是硬汉也会平静地吐露他的经历。

"这车不是我的。"他告诉她，"过去几年有些司机有了自己的车，但最近，大集团让个体司机很难拿到执照。"

我们决定在一家青年旅馆落脚。它便宜得超乎常理：每晚7美元。旅馆似乎设在某种建筑的旧大厅里，可能是军队食堂或男士俱乐部。青岛过去是一个被德国殖民的繁忙城镇，和城市中心区域的许多其他建筑一样，旅馆所在的这座建筑若非德国设计师所建，就是娴熟的中国仿造者的手笔。建筑外墙被粉刷成淡黄色，三四层高，有不来梅式的红瓦尖屋顶，许多旧卵石路也依然存在。

而当代西方则在这间旅馆里用完全不同的方式展现着自己。寻常背包客在休息室闲逛，一个美国女孩通过固定电话大声聊天，一个蓄山羊胡的嬉皮士在吧台上网。我们登上牢固的木制台阶，穿过一条又长又吵的走廊，来到山墙下的房间。

我的房间除了破损的四壁，只有一张医院里的那种金属床，一个水槽，一把木椅，一张看上去重刷过十几次的木桌。三角形的窗户嵌在尖屋檐下面。我扔下背包，打开窗户通风，然后去休息室与薇碰头。

她还没到。一个身上有晒痕、身体多处穿洞、染了头发的老加利福尼亚人和两个澳大利亚女孩在聊天。他看上去有些癫狂，很快就要失去她们的注意了。为避免成为他的下一个目标，我把脸埋进一本旧杂志。薇终于来了。

"打这次起，我们别住青年旅馆了。"我在离开那栋建筑时说。

"这是最便宜的住处。"

"我不管，我要去中国人待的地方。"

我们走下山丘前往闹市，想找点吃的。即便天色已晚，我们也没走太久就来到一条依然吵闹而活跃的街上。在这个柔和的夜晚，人们在脏乱的街道中间支起桌子吃喝。垃圾和空罐堆在人行道上。

混乱之中，我们选择了一家看上去最不伤风化的店，名字是"胖姐"。店主是个孔武的妇人，她满怀热情地跟我们打了招呼。在她不容置疑的命令下，一张桌子被迅速清理干净，我们很快就坐下了。胖姐本人为我们点了单，并给出了特别推荐，我们很明智地听取了她的建议。

主菜是一大盘蒸蛤蜊外加醋姜汁蘸料。蛤蜊略带甜味，肉质紧实。

"我的菜。"薇毫不掩饰地说。

一组小官员出现了，胖姐立刻行动起来：清理好几张桌子并拼在一起，迅速拿出几提啤酒。有些官员已经是醉醺醺的了，开始高兴地跟同伴和胖姐干杯。

"他们是四川来的基层干部。"薇告诉我们，"我能从口音判断出来，外加看他们粗鲁的举止。"

虽然有些吵闹，但他们显然脾气不错。胖姐得意地应和着他们的要求，薇却不屑一顾："你看看中国官员拿公款干什么呢。"

"你认为他们腐败吗？"我问。

"他们显然从腐败的体制里受益了。我敢保证，他们有上千种小手段来通过手中的权力给自己带来好处。"

看着这些人享受着轻松的交际、鲜美的海味和凉爽的啤酒，我无法透过薇的有色眼镜观察这些小官僚。他们是从众的力量，只是按命令行事。薇可能会觉得这样的官员会危害她宝贵的自由，用他们伪善的管理控制她的全部，把她压迫在他们自命不凡的平庸之下，但我很难有这种体会。

我们回到青年旅馆。喝高了的澳大利亚人跌跌撞撞地回到房间，发出的刺耳的嘈杂声如夜曲陪我入眠。

第二天早晨，我们飞速逃离了这个青年旅馆，在青岛只剩一天了，因为傍晚我们就会乘飞机返回。我们的第一站是青岛啤酒厂。

青岛啤酒是德国殖民者留下的唯一遗产。它爽口的德式精酿以传统配方酿造。多年以来，青岛啤酒都是中国为数不多的出口产品之一。这个公司宣称自己是新中国经济的排头兵。

19世纪末期，为了追赶不列颠海洋帝国的步伐，列强展开了角逐。统一后的德国成了一个不容忽视的陆上强国，但它也认识到自己在列国之间的优势需要由稳定的殖民地和世界贸易网络来保障。所以德国也闯入中国，在胶东半岛上展开了经营。对德国人来说，青岛是个有用的港口，占领它意味着德意志帝国最伟大的扩张。蒸汽船从汉堡（Hamburg）和柯尼斯堡（Königsberg）[1]驶来，最后一站是青岛的码头，而后再开始返航。在青岛，船只可以得到煤、水和食物的补给，铁船壳可以得到修复。路德教传教士和他们的家人在此下船。当地企业家把廉价纺织品、肉制品、啤酒装上船，以在遥远的大都会销售。

在青岛，啤酒是唯一一个流传自那个时代的商业成果。那个

[1]柯尼斯堡是加里宁格勒的旧称。——编者注

砖、铁、橡木、煤炭构成的时代已经消逝，而青岛啤酒厂的尖屋顶和鹅卵石庭院便是它的见证。

在巴黎和会上，青岛被让与了日本，而日本人则以与德国人相似的方式剥削这个地区。优质的港口、肥沃的土地、可观的人口基数，让这个地区成了天然的工业枢纽，以供帝国进一步扩张。在这个时期，酿酒业开始发展，产品输出到中国沿岸各处和邻近的内陆省份。

不管是战争还是和平时期，啤酒通常都不难买到。在二战期间，青岛啤酒也一直在生产，以满足遍布亚洲的前线士兵的需求。中国在革命期间也没中断啤酒生产。在物资匮乏、国际贸易大幅衰退、经济遭到多次根本性重组的年代，青岛啤酒一直都生产着优质产品。和煤炭一样，啤酒也是工业所不可或缺的。

在20世纪70年代末，邓小平终于重新把中国社会引到创造财富的轨道上。他放弃了原来不切实际的自给自足，再次对国际贸易敞开了大门。新的繁荣在等待青岛啤酒。那些保障它长期存续的因素——好水源、好土地、好港口、好配方——让它成为有竞争力的出口产品。在20世纪80年代，青岛啤酒可以说是第一批重新打入西方市场的中国制造。价廉、清爽、干净，它是人们享用他们熟悉的蛋卷、酸辣汤、咕咾肉、左公鸡时的佐餐佳品。

在现在的青岛，电子元件、硬件、纺织品已经超越了啤酒、茶叶、竹笋和蘑菇罐头、一次性剃须刀片等第一批出口商品。这个城市也成了中国以其制造业满足全球市场的又一个枢纽。

薇安排了我与一名男子的会面，他在一家大型出口企业工作。该公司主要进出口五金工具，其市场占有率在最近几十年里增长迅速。"我得先告诉你，他是我前男友，在我们在北京上学的时候。"薇说。

"他学什么的？"

"工程。"

"哪种？"

"具体你得问他，不过我觉得大概是机械工程。"

"我猜，你们现在关系也还好。"

"当然，他现在有新女朋友了，我也见过。"

我们与甘先生在一个城市广场会面，广场位于一栋类似市政厅的建筑前。那是典型的德式建筑，上面有突出的钟楼。他戴着眼镜，礼貌友善。他有中国人的特色，安静的勤勉中闪烁着一种内在的严肃。我们前往附近的一家餐馆吃午饭，路上没说什么。在某一刻，他还笑着告诉薇，我想问他什么都可以。

"我知道你是做进出口的。"

"我只做出口，是销售和差旅部门的经理。"

"公司是国有的吗？"我问。

"混合所有制，包括不同层级的政府。"

通过询问更多的有关公司结构的问题，我了解到，他所供职的公司是一家典型的中国企业。它是由地方政府和中央政府共同组织的政府企业，但是也有定义不明且还在增长的私有成分。

他在清华大学学习，但他因在中途受挫，在论文完成前就放弃了。他解释说："系里太重视逆向工程了，我觉得没意思。坦白说，中国没什么真正的科学研究的空间。"

"为什么？"

"因为政策。"他说，"大学领导的第一身份是政客而不是科学家，在这个条件下怎么能正当地追求科学呢？教授的地位也是根据政治水平，而不是根据研究质量排序的。教授评价学生的根据是，自己能从学生的工作里得到什么好处或名望。我见过教授把学生的研究项目当作自己的出售，这让我厌恶。"

薇插话说他可能批评得太过了。"这听起来太严重了。清华大学还是以中国最好的科技型大学闻名的。我们都说它是中国的麻省理工。"她告诉我，"很难想象他所描述的在清华是普遍现象。"

他冷静地反驳道，学生和教授学术造假的故事经常出现在新闻里。薇沉默了。

"所以你离开了，找了个销售的工作？"我问他，"在我看来，销售的工作应该是科学家所厌恶的。"

"销售真没什么。"他说，"我们公司和西方零售商之间有大量的制造订单。我几乎不用卖什么。他们会来找我们批发我们从中国制造商那儿买来的东西。我只跟客户谈订单的细节：什么货，要多少。工作很简单，没什么意想不到的内容。"

他告诉我，他连价钱都不用谈，都是根据购买量定的。他销售的工具通常是在被购买后再贴标：外国客户把自己的商标贴在各种工具上。通常一个工厂会生产几乎相同的产品，贴不同的商标出售。

"你喜欢这个工作吗？"我问。

"还好。无聊但是稳定，没什么惊喜。"

"你不想做研究吗？"

"有点，但是我说过了，中国离真正的科研还有很长一段路。在进行深刻的科学探索前，必须先改变价值观。"

"你乐观吗？"

"不怎么乐观。"

"那么，需要什么才会带来这些改变呢？"

甘停顿了片刻，当他再次开口的时候，眼中似有火花闪过："战争总是能带来科技创新的一种形式。可能中国需要一场战争来把一些事情看得更清楚。"

"这个想法很大胆，战争倾向于带来破坏。"

"可有些事情需要根本的改变，因为它不会自然地发生。政治依然无处不在，且在科技领域发挥非理性的影响力。如果中国要成为一个科学技术上严谨的国家，这种影响就得停止。"

　　我们和他回到了他的办公室，在一栋海边的建筑里。他给我们泡了茶，给我们看了他经手的货物清单，里面包括各种各样的工具和硬件，价格低得难以置信。我无法想象这世界上还有哪个国家能够与这些价格竞争。他都不用推销商品，只是接订单就够了。

　　从他简朴的办公室望出去，能看到灰色的海面。他在厚厚的目录前俯着身，看上去十分困惑，或许是困惑于自己的命运。他温和的举止不能完全掩盖他内心深处潜伏的挫败感。他肯定是付出了极为艰苦的努力才到了自己的学术领域的尖端吧？他肯定做出过很多牺牲吧？或许他对中国在思想上和行动上超过其他国家的能力有着可怕的想法。

　　他曾身在峰顶，却发现自己的国家不值得自己为之努力。他只发现了藏在意识形态背后卑微的贪婪和狭隘的优越感。现在的他，就像全球经济的一个小齿轮，每天都在敲着乏味的钟。

　　我们从甘的身上，不断捕捉着对中国的印象。而与此同时，他仍做着战争的梦。

　　我们下一个见面对象是张医生，医学和公共卫生领域的教授，优秀男同性恋杂志的出版商。他在青岛大学的校园里有间办公室。寻找办公室的过程很曲折：他的地址和街上的哪一栋建筑都不吻合。我们问了几个楼里的保安，都表示不知道他的办公室在哪儿。最后，一位老园丁给我们指了正确的路。在校园里的两座德式的、显眼的主楼之间，有两排破砖房，他的办公室就在后面的棚子里。通向它的过道就像个小胡同，堆着自行车、水盆，挂着晾衣绳。半路，我们还经过了一个外表粗犷、正在砖灶上做饭的老女士。薇和我面面相觑，真是大学办公室该在的地方。

医生肯定有60岁了，瘦削、驼背，一头乱蓬蓬的白发，戴着厚厚的眼镜。他穿着一件白衬衫和一条旧宽松涤纶裤。他跟我们打了招呼，无言中透着热情。

他的办公室几乎没有我们能坐的地方：一间长屋子被几张桌子和柜子填满，上面堆着大摞的报纸和书。就是在这杂乱的小屋中，张医生出版着以中国同性恋者生活为主题的月刊。医生的助手是一位丰满矮小的女士，她离开了办公室，以给我们腾地方。

"请允许我先介绍一下自己。"医生通过薇媛跟我说，"我是医学博士，也是这所大学的教授。具体来说，我的专业是肾病学。但随着时间的推移，我已经很少涉及具体治疗，而是越来越关注公共卫生问题。"

"所以那个杂志关注的是公共卫生？"我试问。

"杂志内容范围很广，不过它本身是宣传公共卫生的工具。我们研究公共卫生的人总说疾病在黑暗中蔓延，所以我们致力于阐明它们，消除那些助长疾病传播的污名。这正是多年以来，中国在艾滋病方面所面临的情况。这也是创办杂志的原因之一。让群众和专业人士了解一些被忽略但正在扩散的事物。"

后来，张医生开始解释杂志是怎么开始探讨同性恋问题的：
"同性恋所带有的污名与艾滋病相似。令人担忧的是，同性恋也在制度和个人层面遭到否定。这反而助长了艾滋病病毒的传播，但它对健康还有更广泛的影响。用医学术语讲，否定造成痛苦。"

"所以这个杂志是用来阐明问题、消除否定的？"

"对。"

"中国人是怎么看待同性恋的？"我问。

"中国人有理解同性恋的传统，它在不同时期都得到了容忍。在现代，同性恋没有被认为是某种病理上的变态，这在西方是很常见的。相反，我们非常看重儒家的孝道，这意味着娶妻生子是必须的，这是造成否认的因素。"

"这么说，否认在本质上是不健康的？"

"是的。不管是肉体上还是精神上，造成人痛苦的都是不健康的。"

"谁看那个杂志？"

"它在全中国的个人、机构、非政府组织里流传。我们每个月会发放四五千册，但也鼓励人们自己复印。"

"网络出版情况如何？"

"没有。"医生谦卑地笑了笑说，仿佛在承认自己对网络并不熟悉。

医生所处的环境也反映出他在经济上面临的困难。网络出版肯定会造成更多的政治障碍，或许纸质杂志也比电子版更能让人进行细致的阅读。

张医生给了我一本最新一期的杂志。"杂志"对这个出版物来说是个太重的名字——它更像新闻简报或者小册子，由印在白纸上的六七篇文章构成。里面哪篇文章的标题我都读不懂，但里面的图像使我感到震撼：好几张生动描绘不同性交体位的简笔画。图画是临床性的，直白而有教育意义。

我热忱地感谢了医生能花时间见我们。这个有书卷气、身处幽暗狭窄的办公"仓库"的医生，令我很感兴趣。

"西方人在性上就是这么保守。"在离开的时候我跟薇说，"有时候会把简单的事情搞得太复杂。"

"我就知道你可能觉得他有意思。"

"他或许是对的——对谁来说，接受现实都能让他活得更健康。你知道我还发现他哪点特别吸引人吗？我不知道他本人是不是同性恋，我觉得这与之有很大关系。"

"对，在第一次见他之前，我也好奇过。"

下一个要见的是魏方，薇媛认识的一名商人。我们向海边走去。

"他是中产阶级吗？"走在路上的时候我问。

"在中国，中产阶级的划分通常不是很明确。我也不知道这样的分类是不是能放之四海。"薇告诉我，"但他拥有一家计算机和网络服务企业，有好几个雇员，有车有钱。"

"听起来像你说的典型小企业家。"我说，"你觉得他的政治观是什么样的？"

"这儿的商人大多不关心这些。"薇说，"不管谁掌权他们都会去打交道，只要能挣钱。"

他在岸边的防波堤上迎接我们，看上去身材高挑，打扮齐整，三十五六岁的样子。他穿了一套休闲而整洁的高尔夫球装，这在全世界的企业家中都很受欢迎。他开着一辆新车，一辆中国产的韩国轿车。他以自己的方式展示着自信和大方，在转头跟我说话时，他面带笑容，语气算不上温和。他会一些英语，但可惜不足以展开轻松的对话。

他看着路上的车一脸沉思地说："我总是希望能多学点英语，但是哪有时间？"

我们向北驶去。

"我正在把你带向青岛最美最有名的地方。"他说。

怡人的山丘、保护良好的长滩、温和的海洋气候，使得青岛一度是外国人以及后来的中国精英的度假胜地。他们建造了意大利式的庄园，周围环绕着苍翠的花园和修剪整齐的树林。这些现在看来古色古香的宅院从港口沿海岸蔓延。这里的居民逃走后，共产党控制了这个区域。他们或自己享用这些奢华的宅邸，或把它们变成客房招待外国来访者。近来，许多这样的宅院重新回到了私人手中。

这些海边豪宅中最显眼的是一座曾属于一位俄国贵族的石头宫殿，它后来又为蒋介石所用。宽阔的空地现在被改成了公园。我们下了车，开始缓步走过这些新洛可可式的院落，走向海边。

虽然是星期一下午，公园里还是挤满了人。空地上，情侣或一家人悠闲地漫步。小贩在通往海滩的木制步道上支着摊位。走到海边时，我惊讶地发现有十好几对新人散布在崎岖多石的海岸上。在下午的阳光里，曲折的海岸线确实很美：露出地表的红色岩石摆出戏剧般的姿态，映衬着白沙滩和蓝绿色的海面。草木茂盛的山丘上点缀着奶油色的罗马式庄园。摄影师手忙脚乱地拍着新人的照片，他们全都身着一样的白色婚纱和白色燕尾西装。这是一派幸福的景象，伴随着尖叫声和欢笑声，新郎帮助身着婚纱足蹬高跟鞋的新娘越过岩石到达心仪的场景。

魏说："中秋节就要到了，是个浪漫的时节。"

薇停下来欣赏沙滩上一个小贩卖的一些珠宝纪念品，魏慷慨解囊，给她买了个吊坠。

沿着海岸走时，我数着新人的数量，总共有30多对，还在不断更替，之前的情侣离去，新的情侣又来。这个场景里几乎所有的元素都来自西方——浪漫的、欧式的风景，白色婚纱和西装，但我还是发现这种充满欢乐的循规蹈矩非常中国化。刚到的新人穿着同样的衣服，不断地重复着同样的婚纱摄影。想法是对的，那就必须服从。

对孔子有个流行的解读是，为了得到幸福、受到尊重，必须以和谐一致的原则行事。穿成一个样子，知道自己服务于共同的理想，立下同样的誓言。这是巨大人口压力下的必然结果。10亿人挤在一起，需要有一种强烈的集体和谐感。很久以前，黄河流域的众多居民就开始不断制造摩擦，高度发达的稳定感和传统意识能够提供一些缓解的办法。

我们的散步还在继续，魏告诉我，他的计算机公司拿到了给办公室电脑安装和维护网络的合同。他从批发商或直接从制造商那儿购买硬件。大多数设备都是中国制造的，但更为复杂的网络配件——服务器设备和交换器，他偶尔会用舶来品。

他有几个固定员工，大多数工作都由外包人员完成。他还告诉我，他的公司大概每星期都能敲定一个新合同，但大多数工作时间还是花在了正在扩张、发展、升级的现有客户上。

他说中国的税制宽松。原则上，他的公司必须按利润交税，但事实上它更像是一小笔固定费用，他公司的报税要求也比较低。他还补充说，很多客户都是政府机构。

"你怎么拉客户？"我问。

"通过接触。"

"你做广告吗？还是你带着业务提案跟其他公司接触？"

他咧嘴笑了："不是这样的。我从认识我的人那里得到合同。在这儿，没有关系的话就联系不到业务。"

"就是说，你不是因为自己价格最低或者服务更好才得到的业务？"

他又笑了，然后又点了点头。

"那你花钱拿业务？"我问。

"当然。每一个能让你在他的公司得到业务的人都希望得到回报。"

对于工钱，他解释说，给多给少是商量着定的，而且通常是在工作完成后。他承认拿到工钱通常会很难，就算是价钱一开始就定好了，客户通常也只会付一部分。当我问他有时候是不是需要雇律师来保证自己拿到款项，他漠然地说："没有，从来没用过，想都没想过。而且，政府的客户在付款方面是最差的。我去年给一些政府客户完成的业务，到现在还没拿到项目款。但我也不能用律师来威胁他们。"

"那你怎么收账？"

"用劝的。"

"看起来在这儿做生意不容易。"我诚恳地说。

"是啊，我工作辛苦，不过我也乐在其中。"他幽默地反驳道。

看来在他眼里，这种做生意的方式并不像在我看来那样令人惶恐、充满挑战，或者他甚至能够把这些行为当作游戏的一部分。也许是希望向我们表明他要的有些手段也获得了成功，他坚持在航班出发前提早请我们吃晚餐。

我们沿海岸行驶，渐渐远离港口和旧市中心，城市变得越来越小，但令我惊讶的是，一个崭新的城区突然出现在我们眼前。这个最近才建起的商业区和老城区几乎没什么关系，光鲜的新摩天楼沿宽阔的街道排列。我们进入一家位于居民楼底部的餐厅。

"这是家连锁店，但也挺不错的。"薇告诉我。

像很多中餐厅一样，这家店也展示着各种原料和菜肴，被塑料薄膜覆盖的半成品陈列在入口附近的桌子上。要点菜的话，顾客只需要指一指想要的菜品。不消几分钟，新做好的菜就会从后厨端出。魏方带着他一贯的好情绪，让我帮他点菜。我们点的主菜是鱼蛋豆腐、蒜烧茄子和黑椒海肠——一种在青岛广受欢迎的海虫。

用餐的时候，我实在没法不注意他跟薇说的一大串甜言蜜语。薇一般都脸红地沉默着。当我高兴地吃着有嚼劲的海肠时，我确信这一幕发生了：魏方向薇媛表达了爱慕之情。薇自然的羞涩瞬间变成了僵硬和局促。所幸，因为要赶飞机，我们很快就有理由离开了。

在愉悦而尴尬的道别后，薇和我登上出租车。薇长舒了一口气，说："魏方人不错，但不是我的菜，他还是不想放弃。我觉得我不应该再跟他见面了。"

"哎哟，薇！山东真是哪儿都有前男友和不请自来的追求者。"

"我真的开始觉得受不了了，他开始罗列自己的优点！还有什么比这更不吸引人的吗？"

"薇，或许你应该安定下来，跟一个稳定的商人老公享受甜蜜的婚姻生活，过舒服的日子？"

"拜托！"

"孔子不是提倡结婚吗？一种简单幸福、充满挚爱的生活？"

"打住！"她说得很坚定，在说完之前就把脸转向了窗外的风景，"我不认为我可以在这里生活。每回来一次，感觉就更奇怪一点，尤其是这次。因为我是来这儿跟你工作的，我们还住在旅馆，好像我不再跟这里有真正的联系。它已经离我远去了。"

第四章

[村庄]

养牺牲以庖厨，故曰庖牺。

——司马贞，《三皇本纪》，公元8世纪

　　从远处，很容易就能望到中国的农场和稻田。从疾驰的汽车或火车的窗户，偶尔能够看到男人或女人的膝盖没在泥里，手中拿着工具。这种古老的农业活动至今仍存在于中国的中心地带，要想知道在这些村庄的污泥中的生活是什么样子，恐怕只能通过想象了。

　　在每一个城市和城镇里，都有农村人。在一些地方，可以碰到很多生在乡下的勇敢的人，他们抛下一切来城里找工作。他们被城市生活所吞没，无暇想起儿时看到的风景。

　　最初，薇对我住在村里的想法提出了告诫。她怀疑我是不是"那块料"。她皱着眉头告诉我，那里没有自来水，吃的东西很奇怪，房子也不干净。

我只是笑了，这些不便难不倒我。

后来她又承认，除了舒适与否，还有一个原因让她怀疑这个计划的可行性。"村民不会对我们太开放。"她说，"地方领导会让我们离开，在他们看来，我们的拜访师出无名。"

"那我们演一出汽车故障吧？我们在需要修车的时候突然发现自己被困在村里了。"

薇笑了："在把房子借给我们住之前，村民会安排交通工具的。"

我们的幽默背后是有些阴暗面的。薇描述中的村民天性怀疑外人，肯定会想知道我们到他们的村里去是带着什么样的阴谋或危险。

但公平而言，要到一个完全平淡无奇的地方去的想法难道不可疑吗？为什么有人会想去又穷又脏的地方旅行？去从来没诞生过伟人的地方？去从来没有重要事情发生过的地方？旅行者在这种地方能找到什么？

薇和我不能单纯地解释说，我们希望在他们村里过夜，以了解中国农民阶层的困境。这样会被认为要么是在侮辱人，要么在说谎，要么就是疯了。

"我们再想想吧。"我说，"中国的农村多得很，我们肯定能找到去的办法。"

出乎意料地，这个机会在一座巨型城市重庆出现了。虽然中国人称它为中国最大的直辖市，但重庆更像个省而不像城市。它是从四川省分出来的，在20世纪90年代中期被授予了"特殊"地位。它的辖区包括大片的农田，许多城镇和村庄，虽然与重庆市区迥然不同，但这片土地内的3000万人都被认为是重庆市的市民，可以在辖区内自由迁移。

重庆地处中国腹地。在二战期间，蒋介石的国民党政府在日本占领沿海地带时逃亡退居于此。在缅甸也被日本纳入控制范围后，美军飞机会从印度翻越喜马拉雅山脉，将补给运至此地。

重庆是通往中国神秘西部河道上的关隘，它既独特又典型。独特在于它的巨大和自治的政治地位；典型在于它是标准的中国大都会：古老而崭新。重庆的发展速度惊人，从农村吸收着大量资源。极高的城市化速度便是迅速发展的一个实例，这是一个希望和失望并存的地方。

我们到达重庆时已是深夜，明亮崭新的机场几乎没人。干净而同样崭新的出租车安静地载着我们，沿平整光洁的高速路驶向市区。清晰明亮的广告牌排成一路。出租车的窗户是摇下来的，温和湿润的微风吹进车里，空气中依稀能感觉到丛林的气息。

在漆黑的夜里，我们要去的市中心就像座堡垒，伏在大河之上的峭壁上。若想进城，需要经过一系列的桥梁、高架路和隧道，它们穿山越水地盘桓着，通向市区所在的高地。

我们下榻的旅馆所在的居民区似乎被夜幕所遮蔽了。林荫路蜿蜒穿过一排排摩天大楼，却没有人的气息，仿佛中国的哥谭（Gotham）[1]，甚至更为邪恶。商店藏在金属卷帘门后。

出租车司机并不太清楚我们要去哪儿，他把我们放在了一栋看起来已经关闭的漆黑建筑前，薇让他等等。我们以为这就是宾馆，敲了玻璃门，窥见里面有一个宽阔幽暗、覆着灰尘的大厅，然后又回到车里，紧张地笑着。

最后，我们终于找到了旅馆，立刻躲进房里休息。窗外的城市安静得令人焦虑，使得我的内心被神秘感笼罩。我试图注意任何一点声响，然后告诉自己这是中国，不是贝鲁特（Beirut）也不是巴格达（Baghdad），寂静中没有潜伏着暴力。

到了早上，焦虑就成了过去。现在的重庆大不一样：炎热、嘈杂、繁忙，让我想起了全盛时期的匹兹堡（Pittsburgh）可能的样子。这是一片广阔而凌乱的山地，位于两条河上：宏伟的长江和宽阔的嘉陵江。它的规模无与伦比，成群的高楼穿过山丘而建，构成了名副其实的城市丛林；而地势太过陡峭的地方，又生长着灌木丛和竹林，带来不少生气。好一片令人赞叹的混沌。

重庆有两种交通方式，或是乘车穿过曲折而拥塞的街道，或是步行走过复杂的石阶网络，往来于山上和河畔的城区。偶尔能

---

[1] 纽约的别称，蝙蝠侠所在的城市，以犯罪频繁著称。——译者注

发现小片只有步行才能到达的老重庆居民区，这些地方太过凶险和蛮荒，无法得到妥善管理。

原来，搬运工是这些区域的守护者。重庆曾经使用人力在长江和上游的城市间搬运物资。这样的人现在也还有一些，他们构成了一个古老而正在消失的阶级；他们是典型的农民工，像齿轮一样，凿取自最强壮的农民阶层，装备着绳子和竹棒。

这些人肩扛扁担，身体前后挑着两担货物，他们不仅做着老式的工作，其年纪也不足以胜任这些繁重的劳动。绝大多数看起来都有50多岁，甚至更大。他们是行将就木的人。他们年纪太大，不能在工厂工作；他们无以为家，或丢掉了土地，或因为某些原因不能再务农，或不能融入新经济体。至于他们住在哪儿，我无从得知。

不过，搬运工们仍然安静而投入地工作着，他们似乎对自己的工作感到自豪。老重庆几乎消失殆尽，但搬运工还在把货物从泥泞的江边往上挑，旧秩序仍隐约存在着。

我们的旅行把我们带向了一些更为现代的农民工那里。通过一位同事，薇媛与一名为受伤农民工发声的重庆律师取得了联系。虽然这名律师现在主要在另一座南部工业城市深圳，但他的兄弟替他管理着重庆的办事处，并同意介绍一些农民工给我们。

在一栋半完工写字楼的十七层的幽暗大厅里，李刚出现在我们面前。他正在用锤子拆墙上的灰泥。在跟着他下到楼梯间的平台时，我一时对自己正在做什么感到困惑。一种身处战区的焦虑感涌现出来，跟着一个陌生人穿过幽暗的楼梯井到未知的区域令我突然感到不适。不过很快我就克服了这种感觉，告诉自己这是中国，不是什么危险地带。

李把我们带到一个杂乱的休息室，这样我们能够聊得更加舒服。阳光透过窗户涌进屋内，我看得更加清楚了。他身材矮小、瘦骨嶙峋，留着稀疏的八字胡和山羊胡，没有右前臂。

他告诉我们，他的胳膊是在广州时，在一起机器事故中被压碎了。他出生于一个非常贫困的农民家庭，村子在长江上游距重庆60公里处。从家到他所上的小学要走1个多小时，高中则要走4个小时。为了学习，他必须在学校附近找地方住，但他的父母没有钱。

没有其他路可走的李刚走上了社会。1994年，14岁的他到了中国的南海岸，第一片自由市场繁荣之地。他很快就发现工厂不会雇用像他这么年纪小的人。最后，他来到建筑工地，找到了没有技术的孩子能找的唯一工作：搬运。这个工作枯燥而艰苦，让他在几年里都只能过聊以果腹的生活。

16岁时，他成功地在电视机制造厂找到了工作，他负责一台巨大的制造电视机机箱的塑料冲压机。他的月工资是400元（每天不到两美元），每星期工作7天。工厂里的机器都很旧了。李刚告诉我们，他打一开始就有些担心自己操作的那台。冲压机是台钢铁巨兽：老旧、易出故障、噪音大。在塑料被加热和压制成合适的形状后，他要把手伸到怪兽的嘴里，掏出盒子。

有几个月，他一直都在反映冲压机的安全锁不能正常运行。得到的回答却只是上级的斥责。终于有一天，当他把手伸到冲压机里时，机器合上了，他的胳膊没了，从肘部以下到手都化为齑粉。

薇媛在座位上不安地战栗了一下。

"那是什么感觉？"她紧张地问。李刚极为平静，这故事他讲了上千遍。

"没什么。"他说，"什么感觉都没有。只有小事故才会伤人，像我这种一点感觉都没有。这就是大事故的恐怖之处，不管是外观上还是感觉上，那个碎胳膊好像从来就不是我的一部分。"

工厂最初给了他约值3000美元的人民币作为补偿。他觉得自己除了接受也别无选择。但后来他听说了一名专攻工伤的律师，他得知这名律师能帮他争取更合适的补偿。他联系了律师，后者同意接这个案子。在漫长的庭审中，大量证人出庭，律师成功地证明工厂确实有疏忽，没有对机器进行适当保养，导致了李刚受伤。法庭判工厂付给他22000美元的赔款，而工厂并未付清。

最后，他回到自己的村子。用这些钱置了货，在家里开起了小杂货店。但很快他就发现，从开商店和种他母亲的一小块地得来的收入不够生活所用，因此他回到重庆，在建筑工地打零工，把商店交给母亲和妻子打理。他逐渐开始熟练地用残缺的手臂操作工具。

虽然是个一文不名的农民工，但李刚身上有一种极为平和的力量。他的姿态流露着冷静和智慧。我希望对他的出身有更多的了解，我们聊了他的村子和那里的生活。

他有两个孩子。他解释说，农民在一定程度上不受独生子女政策影响：有些可以生二胎。他的第一个孩子是男孩，一直跟他的岳父母在重庆以北50公里的村庄生活。他说岳父母从来都不喜欢自己，坚持要把外孙从女儿身边带走。因为需要在城里谋生，经常一连几个星期不在家，他没法违抗他们。他跟儿子大概一年见一次面。

李刚的岳父母几乎"绑架"了他的第一个孩子。他和儿子的状况在中国并不是孤例。除了李家的特殊情况，孩子是宝贵的，但在最近以前都只能生一个。所以孩子经常以各种想不到的方法被藏匿起来。

而在这种种背后，儒家思想仍然占据主导地位。对中国人来说，生育后代是通往永生的唯一可行的方法。我们的永生只能通过自己子子孙孙的存在来实现——这种信念很难反驳。

儒家道德观的基石是孝道，孩子必须尊重父母。只是生孩子还不够，从自己的家庭开始，孩子必须为社会公益做出贡献。这才能在家族中留下名声、地位，乃至一种传承。

一直以来，经常有人质疑孔子是精英主义者——或者更甚：是暴政和压迫的盟友。但这位圣哲的教诲在中国还是有巨大的影响，理解这些对理解中国社会来说，很有必要。

在儒家思想里，个人是国家的构建者，但国家构建始自家庭。一个人通过为自己的家庭做出贡献，承担越来越多的责任，来为更高层的目标做出越来越多的贡献。对个人的评判并不是来自他自己实现了多少成就，而来自他为自己的家庭、乡里、国家成就了多少。如果不能为自己的族人带来经久不衰的福祉，怎么能算是获得了财富和成功？

实际上，儒家思想是对记忆的责任。父母教导子女承担对自己和他人的责任。他们教导孩子成为好父母、好公民，去接受、服从和尊敬。本质上，父母教导子女和孙辈"记住"，教导他们个人并非个人，并非孤立的、只代表自己的；相反，每个男人、女人、父亲、母亲、儿子、女儿，都是一座桥上的一块石头。过去和未来都扛在他们肩上，一些伟大的事物正在被代代相传。

李刚的受伤和他的家庭生活以及他的村子是一扇通向中国深处的窗。他察觉到了我的好奇，答应带我们到他的村子去。薇和我立刻认识到机会来了。

他提议我们租一辆四驱车，开到那里当天回来。我觉得这太贵了，也没意思。我让薇看看是不是能够住在村里，用当地的交通工具往返。

李觉得有必要对一些显而易见的事做些解释：他欢迎我们过夜，但是，他的村子和家里都十分贫困。我们不可能享受城里的种种方便。薇又一次提醒我农村生活是什么样子的，但我笑得下巴都要掉了。李打断她："这个人，似乎是那种故意找罪受还乐在其中的。"

在那位律师的帮助下，李安排好两天的假期。我们乘出租车到了重庆郊区。我们需要在那儿找辆开往农村深处的公交车。在汽车站，他去查看合适的公交线路，回来后汇报说那辆车正准备出发，但不是一辆新车。于是他又表达了对我们能不能适应艰难旅途的担心。这次，薇和我在走向售票处的时候一起笑了。他友好地点点头，仿佛在说："好，好，我知道你们都没问题，但也别怪我出于礼貌多操个心。"

那辆公交车已经工作了好多年了。它的内部被扒得只剩最基本的设施，以尽可能多地安上了粗糙的金属座椅。登上车时，车已经半满了，乘客是各种各样的农民：老得没牙的看见我觉得很新鲜，年轻力壮的则沉浸在自己的世界里毫不在意。我坐到靠近后面的座位上，发现了意外之喜：虽然我算不上个子高的，前后两排座椅之间的距离太窄，容不下我的大腿。为了能容下它们，我得把腿斜着扭向旁边的座位。

刚一离站，车就停了下来，上来一位手提一大筐日用品的中年妇女。紧接着，几个警察招手让车停了下来。然后奇怪的事情发生了：一个警察拿着摄像机登上车，拍摄司机和刚上车的女乘客，指出他们的问题。然后记录下他们的个人信息，重申他们的错误：在非指定车站停靠。

薇告诉我这种情形在中国屡见不鲜。通过在站外上车，那个中年妇女可以逃票少交点钱；而通过让司机接纳这样的乘客，运营商就不用把这些票款的一部分交给国家。李刚补充说，这辆车实际上是他一个远方表亲的，但表亲很快就要把它卖掉了。

长途公交的运营成本一直在增长，警察的突击让运营商更难偷偷收钱。一家公司正在收购该地区的所有运营执照，这或许会带来车辆的更新，但票价也会更高。李刚这样认为。

"我敢打赌有人贿赂了官员，让自己能够控制所有的线路。"薇说，"警察设这种陷阱帮着施压，把独立经营的人挤出去。"

在我们等警察走流程的时候，一辆小货车从旁边驶过，发出巨大的声音。这是那种老式的"街头公告"车，顶上装着大号的多向扩音器。

"有人竞选呢？"我大声问。

"不是。"薇回答，笑出了声，"它说的是城镇边上的某个地方要开始演脱衣舞了。"

车离开城镇进入乡村，越走越深。大概一个小时以后，我们在一个十字路口下了车，它位于某个小镇的新建区域。虽然这地方前不着村后不着店，但它很难让人有农村的感觉。很奇怪的是，这里有很多建筑。街道还没有铺好，但两旁已经排好了十几座三四层高的混凝土砖公寓楼，它们刚刚建好还没什么人住。

"这是给长江发大水以后无家可归的人住的。"李刚解释道。

当我们走向村子中心时，他把自己的空袖子插进外衣兜里，把自己的断臂藏了起来。他带我们到村里最好的饭馆吃饭。当看到来吃午饭的其他食客只有镇上的警官和一些公务员时，薇和我瞪大了眼睛。

"让这个外国人去我们那儿登记，越快越好。"其中一个在离开饭馆时朝我们嚷道。

"他是来参观的，不会长住。"李刚礼貌地回答。在他说完话之前，那个官员已经走出门了。

李带我们去乘另一趟能离他家乡更近的车。一辆装满当地人的同样脏乱的车停下来接上了我们。在一条古旧而没铺过的路上，它驶向了山丘密布的乡村。

"看看乡下有多干。"薇说，"我在新闻里都听说了，这个地区正在遭受有史以来最严重的干旱。"

在午后的阳光下，枯萎的景观呈现出迷人的色彩。裸露而被灼烧的土壤是美丽的巧克力色。田地上有明显的裂缝。水稻和玉米被晒干了的茎还立着，反射出亮眼的金光。在这个场景里，竹林为远景带来了一种清新的绿色。

道路崎岖不平。我们穿过了无数的农庄，红砖墙和深灰屋顶给这片景象带来了更多的色彩。薇注意到我们从一个推自行车步行的人边上经过，车两边挂着两个筐，里面各有一头猪。"猪笼！"她惊叹道，"原来就是这样。听说在旧社会，通奸的女人会被装在猪笼里扔进池塘。不是什么好东西！"

最后，我们又到了一个村子里。我得知这还不是我们的目的地，但也不远了。我们穿过街道走向商店，一个过路的老农民一脸惊讶地看着我，然后高兴地吆喝道："欸，洋大人。"

薇乐不可支："我没听过比这再过时的头衔了：洋大人！"

李刚把我俩留在一个卖猪饲料的商店等。我们坐在饲料袋上，他去安排朝他村子走的交通工具。他带回来三个骑着助力车的男人。

"久等了。"他说，"但我想找好的摩的司机。可能贵一些，但在路上翻车的概率更低。"

那条路确实有些凶险。它穿过崎岖的山地，沿着陡坡向上攀升。露出路面的石头让这条路有时候变得非常颠簸。摩的在崎岖的小路上忽上忽下，我们紧抓着座位。六七公里过后，我们终于在十几个砖石棚屋中间停了下来，这就是李刚的村子。

他的家是个棚屋——一个老旧的单间，茅草顶的石头房子。

这似乎是村里最破的房子，里面堆满了东西。床占了屋子后面的三分之一，一把供人落座的木制长沙发靠在一边。屋子前面，唯一的窗户边上（没有玻璃），是李刚的小杂货铺。他卖干脆面、一些罐装食品、电池、几种糖果。他的妻子非常年轻，长相可人。在这间又小又暗的屋子里，她安静地照顾着一岁的女儿。

村里的人算不上好客，他们不来跟我们打招呼，只是毫无表示地从远处打量了我们一下，就接着忙自己的事去了。

才到没几分钟，我就看见附近开了两桌麻将。这些村民玩得认真、迅速、带劲。他们玩的时候话不多，轮到出牌时动作迅速。他们会用力把手里的牌拍在桌面上，仿佛游戏的目的是用这些牌在桌面上打出响亮清脆的声音。

我能明白他们为什么玩麻将：没什么可种的，也没什么可收的，这村里还有什么好干的？我对这无所事事感到可笑，面带笑容地问薇："你怎么看？"

"跟我祖父母的村子没什么不同。小时候我在那儿待过好几个月。当然，风景不一样，种的东西不一样，房子不一样。但村里的感觉都差不多。"

突然，毫无征兆，就在村子中间，一场激烈的争吵爆发在我们面前。一边是一个中年农民，另一边是一个推着自行车的稍显年轻、长相粗糙的男子。他们嚷来嚷去，互相喷着一串串慑人的词语，就像机关枪开火一样，而我却完全不能理解。有时，他们的咒骂会汹汹而出，有时又是一长串；有时他们轮流互相叫喊。但在大多数时候，他们都是同时朝对方嘶吼。奇怪的是，他们吵了半个多小时。我彻底蒙了，我以前从没见过这样的情况，两个人就站在那儿，怒不可遏地互相吼这么长时间。

那个农民穿着破旧的、裁过的宽松裤和凉鞋，扛着一把长锄头，矮小精瘦。另一个穿着黑衣黑裤，看上去很结实，不好对付。他们都没有要动手解决问题的意思。那个农民最终走向干旱的稻田，但嘴里还是念念有词地骂着；另一个也接着走他的路。争吵的最后10分钟里，他们隔着相当远的距离互相喊。更奇怪的是，我似乎是村里唯一一个注意他们的人。

薇累坏了，在李刚的沙发上打盹。在她刚有清醒迹象的时候，我就把她叫起来，让她解释发生了什么。她理解方言有些困难，但发现他们一直在重复"135元"，看来他们是在为20美元争吵。

或许他们只是在让大家记着他们之间的仇恨。现在，不管他们愿不愿意，村里每个人都知道了他们有什么不满。或许这样能够让正义的程序慢慢展开，人们会对他们的不公负有责任，理亏的也遭到了微妙的制裁。不过最有可能的还是，他们和其他所有人一样，都是一肚子脾气，因为干旱让农忙期提早结束，吞噬着本来就很微薄的收入。

李刚把我们带到地里，给我们展示了他母亲干涸的稻田。地表都要烤焦了。

"你们的饮用水从哪儿来的？"我问他。

"县政府用水车运来的。"

稻田之外，高地意外地退去了，视野里展开一个大峡谷。我们走进去后，他带我们看了岩壁上的一座小庙。

"我们的村庙。"他解释说。

大殿里有个人在工作，用泥雕出小型的雕像来。

"有些旧像损坏了，所以村里雇了这个工匠来做新的。"李刚说。

大殿里体现不出什么明确的信仰。先祖以及融合了当地传说、道教元素的佛教，构成一点点来自彼岸的保护和祝福，以备不时之需。

回到村里后，我发现这个村子里完全没有年轻人。居民只有学步的小孩、中老年人。除了李刚和他的妻子，我找不到任何一个大于5岁小于40岁的人。

下午晚些时候，先前没见到的一部分人群终于出现了。上学的孩子走了7公里的路从小学回到家，受到了祖父母满怀喜悦的迎接。

我得知，十几岁的孩子要么在最近的城镇寄宿，要么在更广阔的世界里，像原来的李刚那样打零工。孩子的父母，二三十岁的人，大多在城市的工厂里工作。孩子通常由祖辈带大。

　　奇幻的时刻来临了：影子越来越长，有几分钟里，阳光几乎和地面平行。我决定到村外走走。为了更好地看看周围的样子，我爬上附近的山丘。从山顶上，我能看到好几公里以外的地方。

　　穿过绵延的山丘，在我视野的尽头，是农庄和田地。像李刚村子那样的"建筑群"总共有十来个，每个中间只相隔几百米。在这广阔的范围里，没有一寸地是无主的，每一撮土都被利用起来了。呈阶梯状的地形都被整成了梯田，种上了庄稼，每一片只是面积不过几百平方米的很小一块。

　　我注意到了这个地方传出的声音：犬吠、鸡叫、孩子哭、碰撞声、刮擦声。每一种声音都有其特色，给这片土地带来了活力和生气。想到这片土地上到底住着多少人时，我有一种不安的紧张感：这是我见过的人口最为稠密的农村，而这片土地上住满人已经有几千年了。

　　我又想象了一下方圆几十公里内的场景，全都布满密密麻麻的农田和村庄。我又想得更远，包括一些小城市（比如路上经过的那几个），每个城市都住着上万人，被人口稠密的乡村包围着。我又想象了诸如重庆这样的城市：数以百万计的人，一个摞着一个的样子。我想了一下自己从青岛飞往重庆时经过的区域，跨越上千公里，穿过中国的中心地带，几乎整个范围里都遍布着这样的农村：一村挨着一村，围着或大或小的城镇，城镇又围着大城市。最后我笑了，因为我意识到，这么多年过去了，我终于能够很好地想象出十多亿人是什么样子。

回到村里后，我注意到我的散步让人们感到很不舒服——他们情绪糟糕的另一个证据。在他们能看见我、知道我在干什么的时候，我只是让他们有些不自在；但当我自己去周围散步，他们不知道我在干什么的时候，一定让他们很伤脑筋。

在这片人群密集、人际平衡微妙之地，每件事都必须小心盘算，就像刚才那20美元：假使屠夫按照今年的饲料价格来支付去年的饲料钱，那他就欠了农民20美元。可能打破平衡的新变量会被使人忧心。今年一直少雨也是持久担忧的来源之一，这能让所有事都变糟。而一个独行的洋人也可能给这里微妙的平衡带来混乱，他可能会意想不到地引起官方注意，或者在路过的时候造成什么干扰。

但并不是说乡村是一成不变的。李刚的茅屋里有部电话。我散步回来，他问我带没带笔记本电脑。当我告诉他没带的时候，他告诉我可以连电话线上网。我也发现自己的手机是有信号的。

这个村子确实是穷乡僻壤，但它也以种种方式和中国其他的地方连在了一起，不管是有线还是无线。它是几千公里外的人的家，他们或在宿舍休息、在工厂劳作，或在工棚扎寨、在建筑工地干活。这个村子以自己的方式活跃在整体之中，它不能被忽视或遗忘，它是重要的。它用每个独一无二的孩子，竭尽所能地生产着食物、提供着劳动力。为此，中国必须给这个村子和它的居民带去福祉。

中国的人口增长过程并不平顺，不是一条随时间逐渐上升的柔和曲线。历史人口不易统计，但出现在历史记录里的数字表明，中国人口长期以来基本都是稳定的，只是生者对死者的更替。偶尔，在瘟疫、动荡、饥荒时，死亡人数会多于出生人数，导致人口下降。有时候，新生儿会大量出现，人口迅速增长，统计数字会有飞跃式的上升。

但是在这个维度上，增长也能掩盖一些灾难性的个例。当一个地方的新生儿呱呱坠地时，饥荒或战争可能在将另一个地方的整个村庄摧毁。一个个家庭可能会在无尽的困窘中过完一辈子，但也会像他们的前辈一样活得足够长，并大量地繁衍生息。五成孩子死于暴力、饥饿、瘟疫时，人口依然能有巨大的增长。

在晚清，也就是100多年前，中国的大多数乡村都是由大地主占有的，他们依靠大量贫农耕种土地。这些农民每年能换来的不过是一些米和租住一间茅棚。而那些拥有土地的农民也非常贫困，即便能生产出一些微薄的剩余，也通常都要被当作税收征去。一贫如洗的人则在土地上游荡，到处都充斥着不安定因素。出生的人很多，但死的人也不少。

生在位于饱受蹂躏区域的一个富农家庭，毛泽东对中国农村的脉搏有敏锐的认识。与生在城市、养尊处优的孩子不同，他骨子里就知道农民的愤慨和隐忍。虽然在共产党的早期会议上，他就曾有力地提出进行农民革命的倡议，但遭到了运动精英的忽视和责备，他们拥护的是马克思主义工人革命的信条，主张先利用国家的力量，控制工业生产。对城市出身的共产党知识分子来说，进步工人的团结肯定比落后的农民更像是新社会的坚实基础。

但毛泽东也很执着，虽然在20世纪20年代被边缘化了，但他从没放弃过农民革命的理念。他依然确信只有农民的不幸、农民的巨大苦难，有潜力让贫困腐朽的中国天翻地覆，建立繁荣的新国家。他本能地知道，革命必须始自农村。

从1928到1933年——对中国共产党来说是黑暗而艰苦的时期——毛泽东组织了一个工作组，在江西南部、湖南东部、福建西部边界地带的山区活动。在这些偏远的角落里，他完善了自己对农村社会的理解，并尝试了农民暴动。

不论走到哪儿，他都能看到不满——大量的人只能勉强为生，从当权者那里什么都得不到，他们遭到非人的对待，被当成货物一样使用或买卖。他们中的男男女女都能被征召入伍，暴民可以被迅速组织起来，尤其是当他们知道自己可以对不公的最直接来源——贪婪的商人、腐败的地方官、利欲熏心的地主家庭——施以暴力时。毛泽东向那些不满的人勾勒了一个新中国、新世界，鼓励他们下定决心、大胆行动，成为一股正义的力量——新人民军队，将中国的苦难一扫而光。

他借用混乱和秩序的力量，创造了一套行之有效的战争理论。他在自己所到的每一个村庄、公社都应用了这个理论，让自己掌握了惊人的武器。虽然破坏之后能产生什么样的社会还并不明朗，但越来越明确的是，毛泽东和农民们可以摧毁眼前的一切，还有可能打败国民党，控制中国。

农民暴动是把双刃剑，它粗暴而混乱。农民不是职业士兵，他们的行动难以预料。派系之间的争夺也可能引起暴力，让破坏的风潮席卷自己。在地方上，共产党内同样掌控农民大军的不同派系的阵营曾多次进行重新洗牌。

毛泽东谨慎地观察着这一切。他开始意识到，农民之间的不和反应的是中国内部更大的不和。一旦统一，国家将摆脱矛盾，找到平衡。

他十分相信这片土地。他坚信，一旦摆脱了贪婪和堕落带来的苦难，中国就可以滋养它的人民。如果生产食物的大军能够具备理性，摆脱寄生因素，人民就能繁荣，就能得到丰富的食物，并进行更复杂的生产。

他的设想并不新奇：充满美德的社会，没有任何罪恶，长久以来一直承诺的丰厚的回报。但毛泽东既是征服者，又是哲学家。他认为，新秩序只有在战争里，通过巨大的破坏和动荡，才能得到塑造。只有大胆的人才能得到回报。

　　在革命胜利后，希望人口得到急剧增长是自然而合乎逻辑的想法。一场成功运动的最好表现，莫过于一个满是健康儿童的新世界，他们会茁壮成长，无私地为和谐的新秩序服务。因此，毛泽东坚持鼓励生育，中国人口在革命初期飞速增长。

　　在始于20世纪50年代末的"大跃进"时期，毛泽东认为，光靠农民的力量不足以保护中国、抵御外敌。他决定让中国能够实现自给自足。因此，他实施了一系列主要针对农村的改革。他希望让农村成为中国工业的新中心，让必需品能够在中国各地得到源源不断的生产。他让农民建起了炼钢炉。

　　"大跃进"因紧迫感而生：中国要在核领域追赶西方和苏联的成就。但它也是以毛泽东的另一个理念为基础的：共产主义必然带来大规模的物质进步和革新。这是其优越性所决定的，只要教给人民就好。

　　然而毛泽东的想法逐渐变得抽象和哲学化，而这些想法也没得到贯彻。整个社会都在为之高唱，假装它们是真的。

　　口号越来越多，全国各地的村庄都被卷入一场快速实现自给自足的运动中，执行着不可能实现的生产指标。村民生产出的产品，质和量都无法达标，无法让中国在现代工业强国中占有一席之地；更有甚者，养活着中国的农民不能专心于农务，开始面临大规模的食物短缺。"大跃进"造成了大饥荒。

　　如今，在"大跃进"造成的饥荒中死去的人数无法得到准确计算，但在毛主席的领导下，中国人口依然在增长。哪怕在错误和灾难中，他也造就了亿万人口大国。

但自古以来，中国衡量成功与否的标准从来都不是只看人口和数字，还有更微妙和更宏大的要求，需要毛泽东和党进行回应。

据说，中国的皇帝统领国家是因为他们承天受命。因此，他们的权威是无比神圣的。但天命同样意味着，人民必须通过皇帝才能受惠于上天的福祉，只有在其统治基本能够带来益处时，皇帝才是不容置疑的。当然，没有哪个人能评判皇帝的统治能不能带来福祉。只有作为整体的中国能够评判某个皇帝的某种统治有没有得到上天的祝福，而这只能意味着该王朝失去了天命，皇帝失去了合法性。中国的很多王朝就是这样结束的。

在革命后的几十年里，共产党基本得到了全中国的支持，因为它将巨大的福祉分给了长期受苦的人民，也就因此被认为是承受了天命。它给中国带来了一个完全由中国人控制的政府，它在长期的分裂后首先完成了重新统一中国的壮举，给中国最贫困的阶级——几亿无地农民——带来了新的希望。它也以令人信服的办法控制着暴力，无人敢反对。

但在20世纪70年代中期，毛泽东去世时，太多的实践已经错得无可救药。虽然人口数量前所未有，但人民已疲惫不堪，每每感到不安和害怕。

不过，国家总是不缺乏沉静的守护者。毛泽东年事渐高，他的左膀右臂，备受尊敬、充满智慧的周恩来，在党内激烈反对的情况下，确保了一项改革运动得以存续。有些人甚至认为，周恩来心底里也是改革派，但他自己的身体也日渐衰弱。他不能再积极参与变革，但可以动用他的力量保护日后拥护变革的人，其中之一便是邓小平，一名精干的共产党早期成员。

毛泽东去世时，一个名为"四人帮"的极端主义集团（其中包括毛主席的遗孀，曾经是演员的江青）几乎要接管国家。但在一系列迅速而意想不到的事件后，"四人帮"被审慎的老一辈革命家迅速清缴，邓小平再次被平反，并被推到台前。没有了束缚，邓小平可以确保他对中国的实用主义构想能够得到实现。他接替了毛泽东，成了共产党的领导者。

邓小平不在乎强有力的口号，他最著名的一句话表现出了毛泽东从未有过的灵活性："不管黑猫白猫，能捉住老鼠的就是好猫。"这表明他渴望党的政策能以实用为导向，超越死板的意识形态。他还对毛泽东下过"功过三七开"的著名评判。考虑到两个人观念的巨大分歧，以及邓小平在"文化大革命"中遭遇的迫害，这可以说是一种奇怪的支持。事实上，邓小平知道他的个人权威以及改革所需的政治稳定需要各方支持，因此他小心地确保毛泽东领导的中国共产党，以及毛泽东的形象能够俯察中国下一个阶段的变革。如今，毛泽东的头像被印在了人民币上，其画像也悬挂于天安门前，俯视着天安门广场。

邓小平最有意味的一句格言——"致富光荣"——预示着追求富裕的新思路的来临。在中国，富裕或许已经成为共产主义力量的所有美德中最突出的一点。对很多人来说，富裕成了衡量合理与否的唯一标准。对战争、瘟疫、饥荒的记忆已渐渐模糊，还有什么更能激励人民呢？

只要还能领导人民致富，共产党的统治就能继续。因此，根据邓小平的规划，在过去的40年里，中国中央政府改变了自己影响民生的方式：不再对人民施以大量意识形态上的要求，不再追求生产能力上的大跃进，而是有条不紊地进行基础设施的建设、对生产资料的投入，同时让自由贸易的原则逐渐回归中国社会。

以李刚的村子为例，在新形势下，它不再是100多年前那个无人知晓的、自给自足的点；也不用像毛泽东可能希望过的那样，创造新的、进步的人。不同层级的中国政府已经给李刚的村子接上了电线和电话线，也带来了广播电视和手机信号。他们还在需要的时候用卡车给人民送饮用水。最后，中国人会给这个村修一条通往这个村子的好路，让外面的水和这块土地上的收成都能得到更便利的运输。在无形的手的指导下，中国深入了自己的腹地，有取有予，比以往任何时候都更加统一。

邓小平也放弃了毛泽东对自给自足的执着。他认为中国不用响应自己的每个需求，它可以专注于自己最擅长的，通过交易取得其他的。在70年代早期，中国与西方的关系正常化以后，这种贸易经济变得可行。在适当的管理下，邓小平认为，中国庞大的劳动力数量能够形成以制造业为基础的出口市场。

策略实施了几十年后，邓小平的正确性得到了证实：中国所缺乏的，比如食品、原材料、能源，基本都通过在世界市场上销售制成品而得到了弥补。

虽然邓小平的经济自由化始自农村——他允许农民交易剩余产品，新中国的大量财富更多来自城市工业而非农业劳动。中国或许并没有弃它古老的农业而不顾，但在大多数地方，务农现在更像是接纳工厂不要的剩余劳动力的手段——比如李刚的村子，只有中老年人还在种庄稼，而年轻的、有能力的则在制造业中心劳作。

不过，因为很多从事制造业的劳动者都来自农村，财富能够渗透到农村里，而不只是被困在城市中。李刚以及上亿个如他一样的人会把自己收入的一部分寄给自己在农村的家属。

这样的财富分配又因为双重户籍制度而得到了进一步强化。重庆的独特之处在于，严格来讲，李刚村里的农民是重庆市的居民，可以在城区里工作和居住。而在中国大多数地方，农村居民不能在城市居住。他们不能在城市合法地租房或购置房产，因此收入的很大一部分都无处消费。如果农民工希望攒下积蓄或进行投资，只有回到自己的村里。

当天傍晚，薇和我接受了李刚的招待。为了晚饭，他不遗余力。狭小的桌子肯定很长时间都没铺满这么多菜了：葱烤鸭、蜜汁猪肉、炖菜、姜炒蘑菇、两种腌菜、米饭。明智的是，他邀请了村支部书记携妻子共赴晚宴。

席上还出现了另一个更为意想不到的客人——下午吵架大戏上的糙哥们儿，他实际上是村里的屠夫，还有一定的地位。与那位农民的激烈争吵似乎对他没什么影响，他现在是个高兴的家伙。李刚解释说，这位屠夫今晚会负责我的住宿，而薇则要在隔壁的房子里跟李的母亲过夜。我看了看那位屠夫，他脸上洋溢着喜悦，因能有机会向来自地球另一边的陌生人展示友好而兴奋着。

书记迫切地想知道更多关于薇和我的信息。薇回答了大部分问题，解释说我是度假的旅客，雇她当导游和翻译。整个故事在我看来有点没边儿，但薇还是成功地给他提供了满意的解释。不过，书记还是想听我开口。

"你在本国做什么？"他说。

翻译的时候，薇提醒我编点内容。但她说得太突然，我什么都没想好。最后，我还是不假思索地说出我是电视制作人。这不全是假话，但也没什么用。我本该抓住这个机会，成为像乔治·科斯坦扎（Georre Costanza）[1]一样的建筑师。薇又补充说我在国内制作一档文艺节目，离新闻远得不能再远的东西。

"你是第一次来中国吗？"书记问。

"说是。"薇提醒我，我照着回答了。

"这世界上你还去过哪儿？"那个男人接着问。

"哦，我去过很多地方，欧洲、亚洲、非洲都去过。"我不想再撒谎，告诉他，"我经常旅行。"

"那你怎么看中国？"

"大，真大。"我非常诚恳地说，"我下半辈子都在中国转也看不完一半。"

书记似乎有些欣赏我多少有点空泛，且融合了敬畏和谦卑的回答。赢得了他的好感后，我尝试着在奉承的思路上进行询问："这个村子里出过很多大学生吗？"

"是的，大概十几个。我们的孩子现在也在上大学。"

"恭喜啊。"我说，"这个村子肯定会有很好的未来。"

晚餐愉快地结束了。书记和夫人离开时，对薇和我表达了祝福。屠夫也回了家。我们坐在李刚边上喝茶。突然，他说道："我知道我很穷，这辈子应该也不会有什么成就，但看看我现在有的，妻子、女儿，知道吗？我很幸福。我不想要别的了。我想

---

[1]美国电视剧中的角色，曾在剧中装过建筑师。——译者注

要的我已经都有了。"

薇和我惊讶地对视。这个李刚真是不寻常，或许是一个真正自由的人吧？我们都有点嫉妒他了。

我在屠夫家过的一夜也很好玩。他真是个有趣的人。跟李刚相比，他更好地体现着农村的富裕。他家是村子的会议厅、酒吧、麻将室。房子比较大，有两层楼，由水泥砖砌成。第一层有一间朝向街道的大房子，有点像车库或者作坊，里面摆满了桌椅。

我到那儿的时候，当天最后一批麻将手兴致正浓。房间的后面有一台大电视。屠夫自豪地向我展示这台电视连着卫星天线。他快速换着台，看着我，脸上洋溢着幸福，咧着嘴微笑。10个印度频道，4个巴基斯坦频道，11个阿拉伯频道，12个欧洲频道……他把遥控器交给我，我停在法语电视五频道上，得知伊拉克又有了更多的伤亡。

我发现屠夫的会客室非常脏，脏得让人难以忘记。水泥地板上粘着土和痰和成的泥块，散落着烟蒂和鸡骨头，点缀着血渍和茶叶。在我倒吸凉气的时候，两只大号的蟑螂飞着扎进房里，落在我脚边的地上。

屠夫叫我跟他走，把我从这一片壮观的惨象中唤醒。他把我带到房子后面他养猪的地方。虽然整栋建筑里都弥漫着猪粪的气味，但猪窝在厨房旁边，厨房和猪窝的混合气味可谓登峰造极。

三头猪在黑暗里翻滚。通过一系列手势，屠夫告诉我，他要在明天早上4点半宰掉这几头猪。他邀我参观。我原来见过杀猪，煞是壮观。猪是一种能够感觉到死亡来临的动物，会在被屠宰时惨叫。我鞠了一躬，手掌向后缩着，告诉他还是算了。天不亮就起床，去看几头猪悲惨的最后时刻，这种经历不要也罢。

屠夫带我去了卧室。这间房子实际上并没有和其他房间相连，我们是从屋外过去的。房子里挤着一张带顶的大床和一大筐没去壳的米。那个筐有一米半宽一米高，里面的米冒出了筐外。

床上没有床垫，也没有床单，只有几片木板，上面盖着草垫子。在北京时，薇和我决定不带睡袋。"就算在村里，也有床给我们睡。"她的预测并不准。为了保暖，我在草垫子上团成一团，像份卷饼。枕头是硬塑料板盘成的圆柱，放在脖子窝的下面。

毫无悬念，在深夜的死寂中，我被待宰的猪那令人胆寒的尖叫声吵醒。在整个后半夜，我都处在半梦半醒之间，几只老鼠的骚动让我争取睡眠的斗争变得更为艰难。在我头边不远，可能是在那堆米上，它们磨着牙，听起来像是有人在电影院吃爆米花的声音。我一眼都没看，默默和它们定下了互不侵犯条约，并试着在心中重复默念：旅行的时候，不用担心生命安全、没闹肚子、没有感染发烧的夜晚都是好的。

早晨我拜访了屠夫，他正高兴地给摊在麻将室桌上的猪分尸。我冲他微笑，鞠了个躬，然后朝李刚家走去。

薇已经醒了，坐在门口喝茶。她告诉我李刚的母亲很能说。"记得昨天孩子们放学回来的时候，有个小男孩坐在李刚家门口做作业吧？昨天晚上睡觉前，他母亲告诉我那是她老弟的儿子，也就是李刚的表弟。她老弟从南边的云南省拐了个女人，但生下孩子后，那个年轻女人就逃回去了。然后孩子的爹就在某个很远的城市里打工赚钱，养孩子交学费。所以李刚和他母亲负责照顾这个独居的男孩。"

"真让人吃惊！"

"但这在中国农村很常见。因为农村人想生男孩给他们养老，他们会打掉女孩，甚至在出生以后处理掉。所以村里女人不够。全国贫困的地方都有拐卖妇女的情况出现。"

前一天晚上，李刚提议让我们走另一条路回重庆。我不太清楚他的想法是什么，不过终于发现他是要我们坐船。我欣然同意。

很快吃完早饭后，我们向那个峡谷进发，进到了它的深处。当我们沿陡坡上的小径，穿过晨雾向下爬时，我发现谷底像有一片湖。李告诉我那是个水库。前一天晚上他已经用手机联系过船夫，告诉他早上8点在水库边等我们。但在岸边，我既没看见船，也没看见船夫。我们一边等他一边往水里丢石头。李刚说，这个水库是在20世纪50年代时人工挖掘的。"1000个人挖了好几年，但他们做到了。"他说。这很难想象。岸边的植被也表明，这个水库有年头达不到最大蓄水量了。

最后，他给船夫打了电话。船夫喝得烂醉，还没起床，但妻子已经出发了。果然，我察觉到她的桨在远处拍打。她摇得很快，站着，脸朝后，身体随着桨剧烈摇摆。她很快就到了岸边。

穿过水库用了半个来小时。我们从峡谷出去，到达了一片更广阔的盆地。我看见沿岸分布着鱼塘和养鸭场。船妇讲了她的故事。中央政府推行了退耕还林工程，她的农场因此被征用了，要重新种上树。作为补偿，政府给了她微薄的补助，金额大概相当于每年60美元。为了生存，她和丈夫在湖上设摆渡船来贴补家用。

我们的目的地是建在水库堤坝边上的一座镇子。船从水面划过的时候，我清楚地看见水位很低，湖底距水面只有9米。建这片人工湖的目的并不清楚。有牲口围在岸边，很难想象这是饮用水源。我也看不到有灌溉工程从这里汲水供农业使用。李刚的村子海拔较高，肯定不能指望这里的水。事实上，周围的农村太过宽广和干旱，无法从这个水库得到有效供水。我得出的结论只有：这很可能是个提供就业的工程，只能用作紧急储备，为沿岸的菜园供水，提供养鱼的机会。或许这附近有个小型电站，藏在大坝的另一边。

那天是镇上赶集的日子。水库的岸边有好几十头猪等待买主。我们走上主干道，路上挤满了小贩。李刚出去找车。

我们先是向南走到宏伟的长江边，然后停下参观了一座建在江边峭壁上的古代佛寺。寺庙的古木屋顶下供奉着一尊巨大的石制佛像。我们礼了佛，想着觉悟的方法，然后赶上一辆公交继续行路。

到了重庆，公交把我们放在江边的一座大公交站。为了到达上方的城区，李带我们领略了这个巨大而古怪的都市另一项有趣的东西：世界上最长的扶梯。滚动的阶梯从下方城区直通上方城区的山脊。上到山脊顶端后，就到了我们跟聪明的朋友李刚分别的时候。

我给他准备了价值100美元的人民币。但他鞠了一躬后很快离去了，完全没有拿钱的意思。我只好叫住他，让他收下这些钱，他很不情愿地照做了。

"真是个难得一见的人！"薇说。

"他恐怕比我们将要见识的一切都更平和。"想着我们饥渴而躁动的灵魂，我不禁脱口说道。

"道家主张人应该像河流中的石头，哪怕全世界的水流过，自己都应不为所动。"薇思忖着说。

第五章

[长江]

众猴都道:
这股水不知是哪里的水。
我们今日赶闲无事,
顺涧边往上溜头寻看源流, 要子去耶!
　——吴承恩,《西游记》, 1592年

　　江船停靠在城市下方。当我走向游船码头时, 从峭壁边上的街道看去, 码头似乎更适合停飞艇。江岸又高又陡, 需要靠索道将乘客从站台运下码头。

　　"谁坐这些船?"我问薇媛。

　　"游客, 我猜。中国游客。长江风景在中国很出名。每个人都想至少看一次。"

　　"或许, 由于长江上大坝的建设, 人们更想在水位上升之前游览这些峡谷。"

　　"在前几年水位上升之前肯定是这样的。"她说, "但大坝就要完工了, 我想水位应该已经上升100多米了。所以, 现在反过来讲才是对的。或许现在他们对淹没的风景没那么大兴趣了。

我们走着看吧。"

嵌着玻璃的吊厢沿着一条近乎垂直的线路向下滑进码头。这个缓慢的下行过程能让人一睹嘉陵江和长江在重庆交汇的震撼景象。我们将要沿长江而下，但我们的船停在嘉陵江上。从上面能看见两条大江水色迥然不同：嘉陵江是深蓝色的；长江是淤泥染成的棕色。在它们汇聚之处，清澈的嘉陵江消失在长江的泥水中，仿佛不曾存在过。

我们要沿长江下到大坝处，需要四天的航程。我们期待见到长江，见到沿途的风景，见到三峡大坝。

"这就像在上中国地理课。"我跟薇说，数着沿途的自然风光和人文景观。因为长江对居住、农业、交通、能源都有影响。

薇补充道："别忘了还有艺术，关于长江优美的诗和画。"

"对，永远不能忘了艺术。"

"坦白地说，我担心这次旅行会以悲哀收场。"她说，"自然景观的破坏。"

在江畔，缆车车厢在浮在江面上的码头前打开了门。一堵巨大的棕色土墙竖在我们身后，一直向上伸展，直通现已不见踪影的城市。当我们从舷梯走向船时，我回头看向江岸线。它似乎并不存在，仿佛风景没有终结。它只是一条线，深色的江水在这条线上拍击着竖直的土壁。对岸是一片遥远的、模糊的灰绿色。我们的周围只有大江、大山、大城，这足以让人心跳加速。

一条大约75米长的四层江船漂浮在我们面前：船底是平的，像驳船；船舷较矮；除了底部漆成黑色，其他部分都是白色的。与水面齐平的最底层是四等舱，两个大舱里有几张木制长椅。引擎室和船员区也在此处。但这些都在我们下面，因为我们穿过舷梯到达的是二层的主厅，这是一片位于船体中心的公共空间，设有前台和一间便利店。走廊通向船头，也连接着位于船尾的三等客舱，每个房间都有十多个上下铺。真是粗糙的旅行。

两名身着白色和海军蓝的涤纶制服、系着领巾、头戴帽子的年轻女士，用婉转而标准的普通话迎我们进了大厅，查了票，引导我们上了主楼梯。上面一层是二等舱，依然简陋。我通过开着的门看见小旅馆式的床铺，一间屋里大概有6张。顶层甲板的前部是头等舱。简单、比较干净的双人间，配有最小的私人卫生间：淋浴器、小水槽、蹲便器兼排水道。

"看这个样子，我得说这艘船不是只为游客开的。"薇评论道，"我不认为三四等舱的乘客是来坐船玩的。这肯定是一种便宜的旅行方式，对有时间的人来说。"

"头等舱也值回票价了，三天住宿，几百公里航程。"

"我们还能去前后观景甲板，那里肯定是船上最好的地方。"

我们在头等舱专享的前甲板上占了位置，希望能目睹游船离岸的场景。几分钟以后，码头和下层甲板上一阵忙乱，固定索松开了，引擎呼啸起来，把船送进江流中。它迅速穿过嘉陵江，切到长江江面上顺流行驶，把临江的城市和码头甩在后面。

被白色的雾霭淡化了的重庆仍在我们上方忙碌着，但过了一会儿，到了长江以后，它变得越来越模糊。看不透的江水，乳白而棕黄，成了我们新的现实。波纹就像是覆盖在薄膜下的龙蛇的脊背，用起伏告诉着我们，江水一直在动。

当你思考江河到底是什么时，它就会变得很奇怪：当然，是雨滴、是雪花；在这之前，是飘进山里的云；更之前，是阳光下的海洋。这些分散的、五花八门的东西聚集起来，成为一个整体——江河。看着起伏的水面，看着漂泊又稳定的船体——我们看到的是一瞬吗？是这些事物的一瞬，一起向山下流动了一点吗？不，我们看到的是一个循环中的持续运动，在脚下，也在头上；在天上，也在地上。它是不断往复的开始和结束，是永恒的、完满的。

顶层甲板的尾部是个有顶棚的开放区域，上面有一些隔间和桌子，一个柜台上陈列着待售的饮料和零食。船的餐厅在两层之下，是一片位于三等舱后面的带窗的空间，破旧中透露着些许华丽。传统的中式圆桌上铺着脏桌布，所幸没有覆盖整个桌面。大多数乘客似乎都带了食物，在自己的房里吃。至于我们，只好每天三次光临餐厅，花些小钱买大瓶的冰啤酒，以及又咸又油腻不过还算多样的食物。

晚饭过后，我溜达到了底层甲板。上层甲板上，带窗户的房间排列在船体两侧，而下层甲板有一条环绕整船的过道。引擎室和客舱在船体中部，是封闭的屋子，整个地方阴暗而空旷。虽然有轻风掠过走廊，发动机的噪音和柴油的气味依然浓郁。幽暗的江水就在不远处冲刷着，我们驶向夜晚。

中国是个多山的国家，从东边的太平洋海岸开始，它向西逐渐升高。在它的西南边境上，有地球上最高的山，8844米高的珠穆朗玛峰。它是无数高峰中的翘楚，但也只是地球上最为重要的一片地貌——喜马拉雅山脉和青藏高原——中的一小部分。

当我跟薇说印度或许是理解中国的关键时，她报以奇怪的眼神。我的话让她挠了一会儿头，或许她想的是佛教。我告诉她，我指的是地理，不是历史和文化。印度是一个地壳板块，约5000万年前撞到了亚欧板块南侧上，引起了大范围的地面上升。其影响深远，长江的出现只是这场巨大规模地质运动的一个小小的结果。

不只是长江，远东的所有大江大河都来自这些山——印度河（Indus）、恒河（Ganges）、雅鲁藏布江（Brahmaputra）、伊洛瓦底江（Irrawaddy）、怒江（Salween）、湄公河（Mekong）、珠江、黄河乃至黑龙江。这场发生在印度和中国的造山运动，让地表升起，云层被推向山脊聚集起来形成降水，上述每条江河中的水都来源于此。

山有改变气候的力量。把云层沿山脊向上推，就会形成降水。因此高度越高，空气也就越干燥。在云层之上的喜马拉雅山和青藏高原是高而广的寒冷荒漠，它更像极地，而不是与之毗邻的北印度和中国东部的亚热带。伟大的文明诞生在这些山脉的脚下，因为大量蒸腾的水汽在山脊降下，大江大河在山的深处发源，滋养着广阔肥沃的平原。

对人类来说，这片隆起的土地则是古已有之，是充满神话气息的屏障。以非洲为中心观察，中国在山的尽头。绕过或穿过这些山，去往中国的旅途漫长而艰辛，但这并不意味着人类不曾多次光临中国。我们可以想见，75万年以前，直立人曾徒步绕过这些大山，死在周口店山洞里；它们就是"北京人"。而千百年后，智人穿过印度，到达东方，一些取道东南亚，另一些沿太平洋海岸北上。

山脉不能阻止人类到达中国，但它们减少了来回穿越、绕行的次数。中国是这条路的尽头，接近它的路上有许多天然屏障，这造成了它的相对孤立；而印度河和恒河流域、尼罗河流域（Nile Valley）、美索不达米亚平原（Mesopotamian）、多瑙河平原（Danube Plains）之间的地区一批又一批的人此消彼长，不断给基因、文化和语言带来巨大变化。

　　醒来以后，我发现我们的船和另一艘江船泊在了一起。我拉开窗帘，看到一扇拉着窗帘的窗子。我听见一对夫妻在对面的屋子里争吵。不一会儿，船又出发了。这条江依然深不可测，它的底部被载着泥沙的江水覆盖着。

　　早晨的空气有些热。虽然我们在动，但感觉像是静止的。又是白色的雾霭淡化了周围的风景。早晨已经过了一半，这样的情形并不能带来愉悦感，只让人觉得乏味。浓厚的空气模糊了天空、山丘、江水的轮廓，抹去了它们的色彩。

　　"我们什么时候经过被淹没的区域？"我问薇。

　　"我们应该已经在里面了。"

　　"就是说，我们现在在一个湖上，或者水库上？"

　　"我猜是这样。"她说。

　　"厉害。我们才刚出发，还要在水上漂三天。如果继续升高的话，这个水库看上去要连到重庆了。"

　　"这附近有一座著名的鱼形石刻，原来是用来标明江水最低水位的，现在整个都埋在水底了。"

　　"是啊，好大一次淹水。"我说。

　　"江边几百公里内的居住区都没了，令人难过。"薇说。

　　"我读到过，在峡谷里，逆流而上的货船原来是由人用大绳子拉上去的。"

　　"是的。"

"肯定是一种悲惨的生活。"

"对，最悲惨不过了。"薇同意道。

"现在货船能从太平洋开到重庆。没准在哪个公寓里，住着纤夫的曾孙，他们完全不用跟祖先遭一样的罪。也许他们在工厂工作，制造产品，卖到西方市场。他们正使用的商品很可能就是在远方制造，由水路运来的。这不是进步吗？"

"萨沙，我没有在怀念过去的时光。但是，人可以在没有认可过去艰辛的情况下，感受消失的河滨生活。"

"但我们是不是都有些怀旧？在人类影响还没那么大的时候，是不是更容易找到美？"

"是的。就像古代的山水画，对没有人类存在的自然的和谐理想化的描绘。"

"现在我们必须在摩天大楼和大坝上寻找美了。"我微笑着说。

"我更喜欢在江流间轻摇的芦苇，而不是钢筋混凝土方块。"她反驳道。

"好，不过代价是什么？让同胞在肮脏和黑暗中过活？"

中国历史是改变地貌的历史。在公元前2000年左右，半传说的夏朝，中国就曾努力驯服黄河，许多部落自古以来都聚集在它的沿岸和支流流域。巨大的黄河和长江都是从广阔而高耸的山脊深处流出，都会带来水量惊人的春汛。它们的上游都是陡峭的山谷，没有平原和湿地做缓冲来吸收和调节流量，水流直接冲向中原腹地，给中国早期的部落带来丰厚的馈赠。

淤泥的沉积造就了十分可靠的农业，但这同样也是危险的源头：快速的水流不断冲击着山崖，冲出山谷流到平缓的土地上，既把自身所携带的矿物质留在了广阔的区域内，又周期性地改变路径，冲破旧河岸，形成新河道。终年不息的水流造就了肥沃的土壤，但洪水也经常毁坏沿岸而建的村庄。

史料记载了禹的家族在黄河流域早期统治者的命令下，投身于洪水治理的故事。他的父亲筑坝阻挡洪流，但堤坝不能抵御水的冲击，反而让水患更加严重。禹的父亲因失败而被处死。禹临危受命，在出现泛滥的地方引导水流。他成功了，因其功绩，他被尊称为"大禹"，并继承了王位，在中国历史之初建立了传奇的夏朝，把治水和政治权力永远地联系在了一起。

在水上的第一天将要结束的时候，薇和我百无聊赖，发现自己一直漫无目的地在前后甲板、餐厅、客房打转。虽然两边都有高山，但在周围宽阔浑浊的水面和白雾笼罩的天空的映衬下，风景显得平淡无味。我看风景的兴致持续不了多一会儿，就会彻底陷入无聊。

薇媛和我有好几个小时来胡思乱想。

"汉语里的山和神在语源上有联系，我这个想法对不对？"我问她。

"汉字是象形的，字源和词源比较模糊。我们会用好几个字来表示英语的god，用得最多的是'神'。"

"这个字里面有'山'字吗？"我问。

"没有，它用的是表示'精神'的'神'的部首。你说的那个是'仙'，意思是不死。这个字里有'山'字。或许是因为道教把神仙和山联系在了一起。"

"你能在山里感受到神仙的存在吗？或者在你想到神仙的时候会想到山吗？"我问。

"这些细微差别都是历史上的。如果我们说'仙'的话，不会真的想到山里的神仙，我们想的是他们不会死。"

"所以在你感觉神仙和山不是在一起的？"

"你到底想知道什么啊？"

"我也不知道。"我说，犹豫着该怎么解释我希望知道山在中国人的宇宙观中的位置。"你听说过现象学吗？"最后我问道。

"我听说过这个概念，但我不知道它是什么意思。"

"它的意思是，人会对某个概念产生主观体验，并用所有这些存在过的体验来刻画出这个概念的形状，这就是现象学。它研究我们如何体验事物，如何通过语言或图像体验，就像我们刚才讨论的画。在梦里也是一样。只要涉及意识，不管在哪儿，用什么方法。"

"现象学教会了你什么？"

"很多好东西。现象学告诉你，在你开始思考一个主题之前，你都知道什么。有些人说，现象学甚至能告诉你真实是如何被构建的。"

"你也这么想？"

"对，我相信这点。真实是被构建的，我们能够拆解它的构造。"

"那你关于神和山的结论是什么？"

"在中国人思维的深处，它们肯定是有关系的。中国是农耕文明，治水自古以来都是这个文明的一环。河流一直都很重要。尤其是它们季节性的涨落，还有那些突然暴发的洪水。从最开始，水流的前因后果就受到了特别的关注。因此河流的源头，那些难以进入、不宜居住的山脉，聚集着云雾的地方，也就具有了神的成分。"

"中国伟大的经典之一——《西游记》，讲的就是走向山脉的旅程。"薇说，"这个故事讲的是体能方面的提升，但也蕴含着佛教中朝向觉悟的精神升华。但是这些联系现在看来多少有些媚古——在文学和历史方面。"

我提醒薇："在现在的想法之外，总有其他的想法：老的、被深埋的，就像住着神仙的隐秘的山峦。"

　　午饭过后，天气突变，阴云笼罩，江上要下雨了。船停在了一座江边小镇上，我们被赶下船，手里拿着工作人员给的廉价雨伞。石阶从江畔通向山上的一些庙里，它们因雨水而变得湿滑。薇和我走到了半山腰的第一座庙门口，却发现由于天气原因，大部分区域都没开放。屋檐下聚着卖旅游纪念品的商贩。我找到了一个食品摊，买了点零食：豆皮、虾片、卤蛋。雨越下越大。

　　"我更喜欢花园而不是寺庙，尤其是那些有古树的。"我一边说，一边搜罗着有年头的植物。

　　"呃，这儿看来不会有太多。我怀疑这整个地方是最近为游客重修的。可能一点老的东西、真的东西都没有。"

　　大雨倾盆，所以我们决定回到船上。

　　重新登船的时候，一些同行的旅客逐渐熟悉起来。我们似乎一直在跟固定的一批人轮流共用餐厅，但有几个人总是在场：一群中年男子。他们是三等舱旅客，在游艇上玩得很开心。

　　从早晨过半一直到傍晚入夜，他们一直都占着餐厅中间的一张大桌。他们喝了好多啤酒，烟一根接一根，喧闹不止。里面最聒噪的是一个古铜色皮肤的胖子，剃着光头，脸上总是带着热切的笑。他习惯把自己的上衣卷起来，袒胸露乳，晒着大肚皮，这在中国应该是放松的表现。

　　我们每回餐厅一次，这个愉快的光头就显得更扎眼：对同伴指手画脚，笑得更大声，拍桌子，全神贯注地剔牙、抠鼻子。我把他想象成肉联厂的工头，或者是养路队的重机械操作员。总之，不管他在岸上做什么，我肯定那是一份严酷、肮脏、艰苦的工作。因此，在不用工作，有闲暇跟哥们儿喝酒取乐的时候，他心情特别好。

船上的生活对我却造成了完全不同的影响。封闭的感觉侵袭而来，外部世界越发遥远，旅行成了生活的全部。在单调的前进中，隐喻变成了现实，航行不可避免地带上了哲学的意味。我不是这艘船的船长，也不参与规划这艘船沿江而下的路径，我只是航行中一个被动的个体，一种对存在的微妙的恐慌出现了：生命不仅在消逝，还是虚无的；我正在虚度它，稳步迈向死亡。

我的精力开始衰退，而与薇媛的长谈让我更加心力交瘁。我不想让自己那可怕的丧气给她造成负担，感觉在船上的甲板间来回走动都越发困难。无目的感让我步履维艰。风景、光线开始令我压抑，他人的存在也让我感到不适。

我逃回屋子里，打开桌上的电脑，想写点什么。但在阴郁之中，我并没有灵感。我开始看盗版DVD，暂时用幻想逃避我可悲的存在。偶尔，我透过窗向外看。穿过房间，透过半遮的窗帘，天空刺眼的白色得到了缓和。在这个取景框里，外面的风光变得可以接受了一些。有时，会看到山峦、桥梁还有无数移动的船只，江上的景色甚至有些美。但也不能看很久，我需要迅速寻找另外的娱乐来转移注意力。

薇感觉到我的状态有些奇怪，她就像个护士一样，时不时地来看看我怎么样了。"我见了一些头等舱的其他乘客。"她告诉我，"大厅对面有一家是内蒙古来的，三代人。祖父是退伍军人，是个有趣的老爷子，问了我好多关于你的问题，他好奇你一整天在这儿干吗呢。"

"就说我在写东西。"我说。

"他不明白你为什么要在长江上写东西。他一直都静静地坐在前甲板上看风景、吃花生。"

"我从窗户能看到自己需要的所有风景。"

"你可能也发现了，船头的客房是套间，房子里有朝前的大窗户。其中一个里面住了一对，男的怎么看都像个腐败官员，女的比他年轻好多——可能是小三。他们也不怎么出房间。"

"你看着他们来气对不对？"我忍不住问道。

"我知道这跟我没关系，但他们还是会影响我。他让我想起了我爸。在当上学校校长，得到权力后，他就抛弃了我妈，找了个年轻许多的老婆。这件事多年以来一直不断警醒我，为人处世要讲道德。"

"我终于懂了！"我喊道，而后又补充说，"但是哪儿的人都一样。我们就是猴子，记住了。"

"不过，我还是有更多希望。在我看来我们能做得更好。"

"这是个好希望。"

"我还在最底层甲板待了会儿，下面有几个很穷的老人，睡在木头长椅上。他们没有行李，什么都没有。我不认为他们是交钱上的船，这也是他们从不离开最底层甲板的原因。他们可能是无家可归的流民，四处游荡找事做，四处求人挣口饭吃。让我伤心的是他们的岁数。他们行将就木了，却什么都没有。他们本应该有家人或者其他什么人来照顾的。"

我无动于衷地听她说着的时候，她突然转变了话题："嘿，你不想出屋待会儿吗？"

"不，谢了。我在这儿挺好。"我说。

"你不觉得一整天在这儿待着很压抑吗？"

"我已经觉得压抑了。这船、这江让我郁闷。不过，别担心，我会好的。晚饭时候见。"

"那好吧，回头见。"她说。

我放起了伤感的音乐，想让这段旅行能重新带上点浪漫色彩，让我可悲的心境更像一出华丽的悲剧。盯着窗外，我发现经常能看到水位标。它们就像巨大的尺子，立在陡峭的江岸边。在某个点上，我看到标尺显示水位在130米以下。标尺的最大刻度是175米，我不知道这个标尺是不是从0开始的，不过，尺子消失在水里大概意味着水非常深。

显然，大部分被淹没的区域在水位上涨前被推土机清理过或被爆破过。我想象着位于不透明的奶咖色水下的房子和建筑。除了标尺，没有什么迹象表明被淹没的区域和上面的区域之间有过渡。没有路扎进水里，也没有部分被淹没的建筑。没有什么能表明这里有个已不复存在的世界。

我想到了自己砍伐森林的经历。把树砍倒的那一刻，出现的亮光和开阔的空间会让你感到有些震惊，甚至是不安。但如果所有砍倒的树都迅速被锯断并被运走，很快你就不能再描绘出曾经矗立在那里的森林的样子。它所带来的凉爽、潮湿的黑暗是无法想象的，所以也就很难被怀念。

当夜我发现自己失眠了。船又一次停泊了。在万籁俱寂、几乎所有人都已入睡的时候，我决定在船上四处走走。或许还能撞到水鬼。

我很快就发现，通向前后甲板的路都被上锁的门挡住了，所以我下了楼。当我穿过大厅时，一个正在瞌睡的女服务员瞪了我一眼，但她只是把头从柜台上抬了起来，没再做其他动作。我接着往下走。发动机停止了工作，底层甲板也安静了许多。我闻到了烟味，听见船员在泊船的那一侧聊天。我拐到另外一边去看江水——或者说，看水库。远处的一些灯光表明，有船经过。

四等舱客房里的灯永远是亮着的。薇说的一个老态龙钟的人，摊开身子在硬木长椅上酣睡。他的短裤腿向上卷着，露出瘦削的脚踝和穿着破旧拖鞋的脚。我没有因"我比他强太多，我的生活不像他那样没有目标"这种想法而感到欢欣，我的心情平静下来，我看不出自己和他有什么区别。有什么能证明我到了他这个岁数，会比他活得更舒服、更有目标？而当我们都走到最后的终点时，生活舒适与否又有什么关系？

　　我回到自己的屋子，躺在床上，哪怕睡不着也就那么躺在黑暗里，希望能击退所有可能出现的幻觉。

　　第二天早上，船又开动了。早餐后，薇告诉我当天晚些时候船还会停下来，到时候可以乘小艇沿长江的一条风景优美的支流进行短途旅行。

　　"它们叫小三峡。"她解释说，"显然，它们和涨水前的长江很像。"

　　"你去吧，我在这儿待着。"我很快回答她。

　　"来吧，会对你有好处的。"她说。

　　"你怎么知道什么是对我有好处的？"我几乎吼了出来。

　　"好好，那别来了。"

　　薇媛去坐小艇的时候，我躺下来想补前一天晚上缺的觉。但闷热的天、明亮的光线、静止的船让我睡得昏昏沉沉，像生病了一样，满脑子都是狂热的梦，真实得令人不快。

　　梦中，同样的船、同样的屋子、同样的船员、同样的叫喊困扰着我。我发现自己在一片巨大的建筑工地的碎石堤坝上艰难地攀爬，那片工地像露天矿坑一样广阔。松动的地基妨碍着我的前行，使我不断地下滑——更让我感到沮丧的是，地下似乎有什么隐约的危险在等着我。

是下面吵闹的建筑机械让我害怕，还是说我只是不应该待在这里？我不知道。后来我又发现自己在一个雄伟的安全栅栏的错误的一边；薇媛在安全的那边，她告诉我我不应该在那里。我生气地回答，我知道，我想到对面去，但是过不去。我试着翻过去，但是上面扎人的铁网划破了我的衣服，让我没办法过去。气愤的中国保安过来了，冲我嚷。我突然意识到，这个栅栏是带电的，我差一点就要被带电的铁丝钩到了。

够了！我强行让自己醒来，发现自己浑身是汗。下午剩下的时间里，我一直睁着眼躺在床上。

薇媛回来了，心情很明朗。"我要的就是这个。"她闯进我的房间时说道，"小三峡真是美极了，原生态，仿佛那儿还有希望！"

"是啊，我知道他们为什么这么热衷于在那儿搞旅游。"

"两边的山都很陡峭，峡谷里的空气怡人又凉爽。我不想这么说，但或许你应该去的，可能对你心情有帮助。"

"可能吧。但我还是待在床上，被不愉快的梦折磨着。我们得从这艘漂在斯堤克斯河（Styx）上的船上下去。"

"斯堤克斯？"

"希腊神话里的一条河，在人间和冥界中间。"我解释道。

"明天早上就到了。"

在这次旅行的最后一段，我们的船穿过山峦，来到一片看起来很宽的湖上。湖的尽头是三峡大坝，但水面上并没有什么标志。船停靠在了一个大型现代化码头边上，几艘相似的船已停泊在那里。我们被领上了旅游大巴，先去大坝再去大坝另一侧的宜昌。当我们接近大坝时，它仍被那一团中国常见的该死的白色雾霭遮蔽着，让我们无法看清其全貌。在茫茫白色中，影影绰绰的大坝显得更加巨大。

我们被带到了大坝上方一个小山顶的观光点上，只能勉强看到贯穿江水的混凝土坝体，和通向大坝的带有多级闸门的人造峡谷的全貌。然后，我们又被带到了江畔步行道上，位于阻挡江水的巨墙下方。在这个地方，雾霭没有那么重了，我们能够看见整个大坝了。

"厉害！"我情不自禁地说。

"这个工程的构想由来已久。"薇解释说，"孙中山写过在长江上建坝的话。美国人和日本人也有这样的想法。毛泽东写过一首关于它的诗。几十年来，这个工程似乎成了必然。"

"在我的国家，这样巨大的工程在有人住的地方几乎不可能实施，这会让人恐慌的。"

"确实有很大的反对声音，在党内都有。但这也不能阻止它的推进。"

"我猜中国的电力需求太大了，不能置之不理。"

薇解释道："即使这样也是有争议的，批评者指出了黄河水电工程的失败。这些大河的淤泥似乎进入了涡轮机中，让它们无法正常运作。支持者认为这样设计更好，水流的情况不一样。但谁知道呢？也许过几年才能见分晓。"

"或许用水力发电比烧有污染的煤更好。"

"还有一个问题，发电量并不够。这个大坝的发电量大概是2万兆瓦左右。而中国的电力需求似乎是100万兆瓦。所以你看到的这一切，所有这些淹没和拆迁，只能达到国家当前需求的百分之二。中国的需求增长率也不止百分之二。这意味着还要建火电站。"

"我明白了。"

"说真的，我不相信建这个坝是为了电，这就是对建设本身的痴迷。"薇总结道。

我说："还有大坝给中国带来的巨大的战略问题，想想核打击能对它和下游数以亿计的居民造成什么。"

"这应该不可能吧？"薇担心地问。

"我们生活在一个暴力的世界里，到处充斥着恶势力。"

"中国只想成为世界上和平的力量。"她反驳道。

"对，祝你好运！"说着，我笑了。

我们的长江之旅还有最后的恐怖在等着我。在把我们放在宜昌之前，旅游车停在了一个当地博物馆前。从外面看，它像个破旧的研究所，没有任何用来吸引兴高采烈的度假者的装饰。不过，它所在的位置足以给人留下深刻印象，它蜷在一堵俯视江水的陡峭堤岸上。

博物馆的里面和外面一样乏味。只有一间满是灰尘的小房子，里面放着十多个玻璃柜，一些文件和地图，一个立体模型。关于长江生态的部分引起了我的注意。在一个棺材样的柜子里，装着长江白鳍豚的标本，褶皱的表皮使它显得老迈而悲惨。

薇说："可怜的家伙，据说已经灭绝了。"

"是的，没了，灭绝了。"我说。

它的小眼窝表明它几乎没有视觉，是适应满载泥沙的江水的结果。复杂的声呐系统让它可以把模糊的江水变为自己的优势，偷偷接近鱼，用又长又细的嘴叼住它们。

"我读过一位海洋生物学家写的文章，他沿长江调查了可能最后一次见过这种江豚的人，他走访了近期的目击者，想要证明白鳍豚的灭绝。一个渔民告诉他，白鳍豚是'鱼姑娘'，因为它们像聚会上的姑娘一样害羞，如果有人接近会迅速游走。姑娘都走了，聚会也完了。"我说着笑话。

"难过。"薇媛说，然后又补充道，"现在你的现象学有一个惨淡的研究对象了：灭绝。"[1]

"好吧，我想想……江豚对自己灭亡的体验：我看到渔网、摩托艇的螺旋桨、污染、疾病、巨大的孤独、饥饿，然后是洪水。它最后的想法是：猴子啊，你干了什么？"

"太可怕了。"薇冲我摇头。

看着那个皱巴巴的生物以及它眯着的眼睛，我们陷入了沉默，心中升起无法抑制的同情感，为这种奇异而聪明，现在已经消失的动物。

"我们应该为它祈祷。"薇说。

"对，应该。"

那江豚仿佛是山中某个神仙派下的使者。我们应该祈祷我们没有忘记他们，但事实上我们已经忘了。世界在前进，我们已经不知道怎样祈祷了。而与他们的使者白鳍豚一样，那些不朽的神仙，现在也死了。

---

[1] 2018年11月14日，《世界自然保护联盟濒危物种红色名录》发布，白鳍豚未被宣布野外灭绝。——编者注

第六章

[上海]

知行常相须。如目无足不行，足无目不见。

——朱熹，宋代大儒

在一个星期四，薇跟我从中部前往上海。从长江坐车过去绕了不少路，我们花了很多时间在各路长途车上。

虽然是中国东部地区的最重要的一部分，上海从来没做过首都。它不是统一的象征，它不代表任何中国人之所以为中国人的伟大传统。它是孤立的、全新的，在上海发生的一切都发生在最近的两个世纪里。而过去的两个世纪对世界和中国来说，都是重要的和具有变革性的。

"薇，我们要去上海参加个婚礼。"我告诉她。

"谁结婚？"

"一个英国人，德里克的好朋友。他要跟一个中国姑娘结婚了。"

　　她笑着说："啊！上海媳妇要求高、娇生惯养是出了名的。"

　　"不过新娘十多岁的时候生活在喀什。"

　　"哦，那她肯定不一样。喀什与上海相反。"

　　喀什是中国最西边的大城市，是个海拔高、气候炎热、沙尘多的中亚城镇，是突厥部落的传统地盘。在新中国，它是个蓬勃发展的城市。

　　"我发现中国人对上海和上海人不怎么友好，是因为嫉妒那个地方的富裕和成功吗？"

　　"可能吧，不过也因为上海当地人有傲慢、物质、肤浅的名声在外。"

　　我们笑了，同意应该先努力放下偏见。2400万居民让上海成为世界上人口最稠密的城市中心之一，它还拥有世界上最大的港口。只有傻瓜才会轻视它。

　　当我们路过南京——一座很值得端详的城市时，我们没有停下，上海已经引起了我们的注意。广播里传出重要的新闻：上海市的最高官员被指控腐败，并对党、国家和人民有不光彩的行为，现已被捕。

　　薇评论道："这是件大事，虽然并不是前所未有。想象一下，这个人几个小时前还有多大权力。"

　　"现在呢？"

"嗯……可能这个名字以后再也不会出现了吧。"她说，"从官方的角度讲，就像他没存在过。"

"他会被判死刑吗？"

"有可能。不过更可能的是，所有犯事的领导都被关在一起，他也会去那里。"

当然，逮捕他对人民来说不会造成任何改变。公众不会有反应。就像我们的司机，看上去就漠不关心，除了在一开始笑了一下。人们从这件事上也不会学到什么，腐败很难停止。牌该重新洗了，贪婪的"赃"手暂时松开。这只是循环中的一部分，这循环近乎和谐地运行，永不停息。大变成小，强变成弱。

在很多方面，北京都位于边缘。首都和它所在的北方似乎对富饶的长江三角洲来说，太过遥远而不相关。北方又冷、又干、又糙，它也很脆弱。在过去，它是中国的边缘，直通草原，在广袤的原生森林之外。北方是兵强马壮的地区，容易被卷入剧烈的改变中。

在中部，水稻种植占据着至高无上的地位。在越发先进的治水技术下，水稻的生产支持了中国最伟大的发展。在辉煌的唐代，在第一个千年的后期，京杭大运河和错综复杂的水路网让粮食能在全国范围内得到运输，填饱臣民和士兵的肚子，满足控制、殖民、征服的需要。长江流域和黄河流域的文化形成了一个统一的民族。

如日中天的唐朝无所不能，不论艺术还是科技。它的军队和舰队四面出击，把远方的土地纳入自己的势力范围和认知范围。唐朝与印度人和阿拉伯人有贸易和往来。酝酿自庙堂的全新思想很快就能在全中国得到响应，这是权力和光明的时代。

在唐代的中国，治水就是治粮食，也就意味着权力。学会了成批量迅速运输粮食的民族也能发展出复杂的商品经济。然而，再长久的和谐也有期限，所有的秩序最终都会分崩离析。在唐朝，世界也变得越来越小，山脉也不再像原来一样提供屏障。周边少数民族公然讨论着中原的财富。贪婪的想法促使他们前来试探唐王朝的实力——而且很快就能发现它越来越弱。在这种关系里，中部成了避难所。在长江流域，汉族的人口规模和他们的巨大的粮食生产能力，让他们几乎不可能被同化。

在唐朝覆灭引起的短暂混乱后，宋朝出现了。宋的承天受命并不在于军事实力，而在于其雅致的文化。然而，虽然它将唐朝的技术、制造、发明成就继续发扬光大，但宋朝依然不可避免地衰弱了。在与肆虐于北方疆土的游牧民族的不断角逐中，中央逐渐失去了对这些地区的控制。

宋朝偶尔会召集军队，抵御外来的骑兵，但这是一种冒险的战术。敌人的骑兵速度快于中原步兵，可以轻松退到他们挑选的战场再进行还击。而中原步兵只能被迫在不利地形上快速防御。装甲骑兵会用弓箭骚扰步兵，以在阵型中打出缺口，让阵地暴露出来；随后，骑兵会发起冲击，制造混乱，将步兵大军各个击破。

宋人通常选择躲在城墙后。英勇的将领会坚守城垣，与骑兵周旋很长时间，迫使他们放弃追逐，被迫退回到家人和畜群所在的远方牧场。但宋朝的精英并不怎么关心军务，而且很多城市也因发展而超出了破败的城墙能保护的范围。人们更喜欢的是宴饮和节日，而不是旷日持久的战争。

所以，当宋朝不能用武力取得和平时，就只好从不断入侵的北方部落手中买，但买来的和平并不长久。宋朝没有更多地关注军事问题，它努力向各个马上部落展示尊重。它还是个背信弃义的金主，想方设法挑唆部落间的矛盾。当女真人再也无法忍受宋人的诡计时，他们对宋发动了大胆的进攻，国都开封沦陷，并被残暴地洗劫了。

女真人决定清洗开封的统治阶层。在愤怒之中，他们肯定觉得宋朝既软弱又腐败，这些统治者应该被掳到女真故地深处，见识一下女真的风俗。贵族、士人和他们的妻妾子女在驱赶之下，带着金银布帛，徒步从开封走到北方。幸存下来的俘虏，以游牧民族的礼仪得到了女真王庭"接见"：露上体披羊裘。

幸免的宋朝权贵南逃渡江。他们在杭州——大运河的最南端——建立了南宋。南宋的版图虽然减小了，但依旧十分繁荣，它是艺术和思想蓬勃的时代，又持续了一个半世纪。然而，在这个时代里，威胁一直存在。

蒙古部落迎来了统一和扩张的时代，他们在横跨亚欧大陆的大草原上的影响力越来越大，这片草原几乎从黑龙江通到多瑙河，简直是一条名副其实的征服之路。很快，蒙古大军就开始压迫北方边境，他们的条件很简单：完全投降或者彻底毁灭。他们也不会止步于北方——宋朝位于长江流域的腹地实在太过有利可图，散发着不可抗拒的诱惑。在这里，蒙古大军的冲击源源不断，其势不可当再一次得到了证实。1279年，南宋落入蒙古人之手。

和原来骚扰中原的游牧民族一样，蒙古人也被中原人认为是粗野的外人。但蒙古大军让人无处可逃：他们征服了整个中国，攻陷了其中心地带，中断了汉族政权统治中国的历史循环。

蒙古人最先在北方的燕京定都，并称之为大都，这个历史悠久的中国北疆著名前哨就是现在的首都北京。但是，跟之前和之后的游牧民族一样，作为征服者的蒙古将领在接触了中原文化以后，很快就被同化了。他们越发依赖中原的劳力和谷物，开始倾向于在腹地杭州——既接近粮食产区，又远离边缘地带的前朝故都——生活。

三代过后，大汗的语言和文字都已经以中文为主。他们现在是元朝的统治者，推行中原的制度，成了中原文化的倡导者——这既损害了他们在中原的威严，又削弱了他们在大草原上的蒙古同胞间的威望。虽然蒙古人控制的疆土大于世界上以前出现的所有帝国，蒙古人仍然是马背上的民族。亚欧大陆中部干燥的牧场与中原习俗不合，且越来越多地受到伊斯兰教的影响。

成吉思汗和忽必烈的后代，既不像中国人又不像蒙古人，他们越来越不关心世事。他们的政府越来越不能保证和谐和繁荣。当富裕的中部地区开始被灾难蹂躏，全国各地的人都变得强硬而愤怒。在此背景下，一个来自中部地区的汉族农民领袖朱元璋，领导了反抗元朝的起义，结束了蒙古人的统治。

朱元璋建立的明朝标志着中原文化新一轮扩张的开始，古老的中原地区再一次勃兴成了广大的帝国。这次扩张的标志便是明朝的权力中心从长江岸边的南京移到了北京。新都城建立在元朝故都大都之上，这也曾是金的首都中都所在，而在唐代它则是要塞燕京。通过兴建这座新的北方都城，明朝消除了许多外族政权。明代的遗迹在各地都能找到，但要体会元朝的宏伟，或者寻找之前宋朝的感觉，还是要回到中原地区。

薇和我距上海还有几个小时的车程。长江中游地区的山地已经变成了沿海平原，4500万年来，矿物质的缓慢沉积让这一地区变得富饶。这里的土地湿润而肥沃，气候也有利于农业：夏季炎热潮湿，冬季温和。

这是九月的最后一天，用目光掠过地平线时，我提醒自己。

但没有任何迹象表明已经是秋天了，巨大的城市开始展现出自己的存在。我们在一条主要高速路上，它穿过被过度开垦的、平坦、富饶的平原。农村生活或许没有消失，但肯定是不一样的。混凝土建筑随处可见，高速路沿途的工厂和住房越来越多。路上车多，但并不拥堵。我们正在被什么强大的东西牵引着。

从中国历史的角度看，上海还是个婴儿；两百年前诞生时，它只是长江某个支流的泥岸上一座不起眼的村庄，但它命里注定要成为城镇。航海的时代已经到来，西方列强出于自身考虑，需要一个像上海这样的地方来插手中国经济。

上海位于长江的支流黄浦江边，除此之外，它别无自然资源。它地势平坦，面积广阔，混凝土和玻璃构造的大楼林立。贯穿城市的黄浦江，现在看来更像是一条运河。

我1990年第一次到上海的时候，黄浦江的东岸"浦东"还没怎么发展。泥泞的地面上还没有竖起那座巨大的电视塔（东方明珠电视塔），只有破败的老公寓楼。父亲告诉我，他第一次到上海是20世纪40年代末期，共产党要解放上海，西方人和工业资本家开始纷纷撤离。没有了常客，外滩上的西式大酒店、江边大道都成了年轻的自由行旅客可以光顾的地方。他回忆说，从他奢华的房间看去，风景令人难忘：他可以眺望对岸的农村，稻田、小屋、接地气的农民。东岸漫水的地面使得城市只能向远离外滩的西边蔓延，那里的土地更为坚实。受邓小平时代房地产热潮的刺激，地方当局用沟渠排干了东岸，在1991年建起了醒目的电视塔。没有什么比它更能象征新中国的繁荣：曾经是泥潭的浦东，现在闪着财富的光芒。那座塔算不上美：一个闪着光的大球安在三根高高的细混凝土柱子上；球的上面有一根巨大的天线，直插云霄。

薇和我到上海时，夜幕正在降临。我们在高架公路和拥挤的大道上穿越这座巨大的城市。繁华的亚洲城市都喜欢在夜晚点亮奇幻的灯光。上海的天际线没有东京新宿或纽约时报广场那么耀眼，但在这个空气浓重的傍晚，夺目的企业标志高高嵌在黑暗的塔楼上，透露着支配众生的感觉。若隐若现的混凝土大楼就像石头巨人一样，屹立在四面八方。上海是个十分有力而复杂的城市巨怪，跳动着的脉搏又大又重。

上海的街道十分混乱。所有曾因美观而存在的东西都被城市挤占了，可谓物尽其用。上海的路旁竭尽所能地种着树。在蔓延的高楼脚下，有些街道和居民区仍保留了殖民时代的样子。在那里，石墙和低矮建筑没有被改动。法国梧桐和昏暗的灯光几乎让城市退却了，形成一种静谧的幻景。浓厚的空气中回响着无数通风机和发动机震动的沉重声音，而当深夜来临，汽笛、喇叭、轮胎摩擦声和人的尖叫声消失时，这声音显得更加吵闹了。夜空不是黑色的，彩色的灯光反射在浓厚潮湿的空气里，让它紫中带粉。在上海，灯光是躲不掉的，它无处不在。

我们住在一间便宜旅馆里。在中国任何地方，包括上海，花30美元或者更少就能住上一间带卫生间、有干净床单的屋子。这些旅馆的大厅可能最近重修过，灯火通明。接待处可能是镶金的，挂着红丝绒盖帘。工作人员一般都很充足，他们穿戴整洁、面带笑容。

电梯又新又快。我们的两间房在这座不起眼的混凝土高楼的五层。我的房间的窗户在很高的位置，面对着另一幢建筑。跟大厅不一样，这个房间非常一般。无所谓了——能安睡就好。我放下书包，迅速冲了个澡，然后冲出房门。新郎还在等着我赴晚宴。薇要留守，单身汉的聚会不适合年轻女士。

晚宴设在一间天花板很高的大餐馆里，主营贵州菜。贵州省位于中国南部，境内多山，丛林覆盖，是少数民族——大多是山民——的聚居区。贵州菜鲜辣，对要喝很多啤酒的人来说，再合适不过了。

列席的绝大多数都是英国人，基本上都是身材高大的家伙。在上海举办的婚礼有一定的吸引力，亲朋好友大都远道而来。整个晚宴一直都有新成员加入，不过，有一组核心成员是一开始就在场的。新郎密友圈里的人都住在中国。可以说，他们都"触礁"困在中国了，就像我的朋友德里克。他和新郎詹姆斯（James）都已经愉快地被中国"俘虏"十多年了。他们在中国有很多共同的冒险经历，见识过许多秘密。他们深爱着中国，这种爱是鲁莽而不顾一切的，但绝对算不上前无古人；对上海来说尤其如此——多年以来，不断有西方人来此定居。

英国人都是爱喝的主儿。当然，中国人对聚众放肆的行为也是习以为常的。如果他们自己面前有酒菜，他们会被外国人的欢呼逗乐，并乐于分享这份温暖。他们对原始的狂欢也并不陌生。今晚，我们这伙人特别聒噪。这些都是大块头的大男孩，他们互相叫嚷，撞东撞西，做着疯狂、草率的姿势。吵闹是中国人的一个特征，但我不禁奇怪，十几个外国男性的吵闹会不会让人想起不好的过去。上海曾经是属于白皮洋鬼子的，我告诉自己。外国士兵、海员、商人、银行家时常会给中国人带来各种痛苦，还通常能免于惩罚。

所幸，时差开始困扰这帮家伙了。而在中国"搁浅"的家伙已经把自己全身心交付给中国太多次，以至于不会再败给心中的蛮性。另外，新郎最好的两个中国朋友也到场了。艾伦（Allen）是个温文尔雅的年轻商人，来自宁波——上海南边一座富裕城市——附近的一个村子。詹姆斯十年前刚来中国的时候曾教英语，艾伦是他最聪明的学生之一，詹姆斯也曾数次参与艾伦的家庭活动。艾伦像个王子一样，他体格健壮，英俊且彬彬有礼，对谁都耐心，举止无可挑剔。他总是乐于助人，能雪中送炭。作为班长、尖子生，他加入了共产党，接受了入党的殊荣。这有助于他在上海的年轻商业精英中占据一席之地。不过，即便是在了解和崇拜他的人看来，艾伦上升得还是有点快。

他在经济上的成功似乎与这座城市的繁荣息息相关。他开着时髦的新车，用最新的智能手机，穿着高级的衣服，经常旅行；他八面玲珑、没有脾气。艾伦解释说，他刚从四川飞过来，为自己的迟到道了歉，受到了所有人的欢迎。

新郎来自英格兰中部，是个足球迷。他有好多哥们儿都是踢球的。事实上，明天还要举办一场球赛。艾伦是中国队的队长，承担着召集足够的中国队员来参加这场种族对抗赛的繁重任务。看不出来这有没有给艾伦造成什么压力。有些醉鬼挑衅地吹嘘着盎格鲁-撒克逊人（Anglo-Saxon）的明显优势。对此，艾伦热情地笑了笑。

第二个伴郎也来了，我只知道他的外号是利托（Lito）。他大摇大摆地走了进来，身上散发着紧张感。或许他已经喝过酒了。他有知识分子的特征，蓄着长发，发型有些蓬乱。

在当了几年英语老师后，德里克和詹姆斯一直活跃在上海的片场里。利托是上海地区的本地人，在首都北京上的学，刚从著名的北京电影学院回来。他凭毕业短片让自己在业内有了些名气，大家都认为他肯定会大红大紫。

在那时，利托正在上海冒头。他才华横溢，富有诗意与魅力。那时，地下团体还是新鲜物，第一批先锋艺术家都在晚上活动。跟着利托能了解入夜以后的上海。对可以用中文交流的德里克和詹姆斯来说，利托首先是一个不错的交谈对象。在深夜里，他清醒又直率，对事实的感受如刀锋一般锐利。他喜欢上海。

"不过他也常有鲁莽的一面。"同样从北京赶来参加婚礼的德里克说。他告诉我，有一次，利托和他的同父异母的兄弟都喝得烂醉时揍了一个老外，因为他们觉得他行为不检，骚扰了中国人。德里克说："那个白人不像是做了什么不寻常的事，他就是摊着身子喝酒，冲姑娘抛媚眼。上海的白人男孩经常这么干。但我还没反应过来，利托就朝那家伙扔了个酒瓶子。他打那个荷兰倒霉蛋的时候，我试着抓住他，然后就发现利托的兄弟把我拽倒在地，我只能在一顿拳头的猛攻下尽力保护自己。那可不是个愉快的夜晚。"

这场酒吧闹剧让德里克觉得很好笑，它反映了这个朋友的特质和缺陷：坚定的理想主义者，具有诗人般的骑士精神，有些鲁莽和过激的倾向。

虽然毕业之初每个人都觉得利托前途无量，但命运对他并不友好。一开始，他拒绝了一些他认为配不上他的好工作，但他始终怀才不遇。5年过去了，他都没有导过新片。他眼睁睁地看着刚从著名学校毕业的年轻导演获得了他所渴望的成功。最近，他开始接他能找到的任何导演工作，大多是低级、粗糙的商业任务。

德里克说："我们当中那些曾梦想过艺术家生活的人都感到

无比同情，但他越来越鲁莽了。鉴于我们的生活里都有了女人和更稳定的工作，这就成了问题。他被邀请参加婚礼让我确实很惊讶。不过我也没有不高兴——我很想念这家伙。"

我对利托很好奇。不过有个问题：他英语不好。别人告诉我，他英语从来没怎么好过，而这几年又进一步退化了。利托坐在大圆桌的对面，我试着展开对话："最近看了什么好电影吗？"

他冲我露出了有兴趣的微笑，让我在嘈杂中重复一遍。我照做了。他提了一个20世纪70年代的意大利著名导演的名字。

"好！新电影呢？"我问。

他没理解我的问题，我又重复了一遍，但没用。有人帮忙翻译了一下。

他终于回答了。那是最近的某个好莱坞电影，我听说了但是觉得没什么意思——一部给年轻人看的爱情喜剧。

"那你喜欢流行艺术？波普艺术？"我试探着问。

"对，波普艺术。"他赞同地点着头。

我觉得有点意思，可能还有点迷惑，因为他放浪不羁的形象。我们都发现在那个环境下的交流不会有什么结果。利托失望地点点头，同意以后再谈。我们离开餐馆后他就回家了。

不管怎样，周末就要过节了，那是中秋节的前夜和国庆节的假日，应该跟朋友和家人共度。我们从餐馆出来后前往"触礁"

的家伙以前经常光顾的地方。

当我们从出租车下来时，顿时就陷入了失望，好像犯了什么错误，做了什么糟糕的决定。德里克和詹姆斯又一次意识到中国的变化有多大。但是现在干预为时已晚，醉鬼们已经占领了这个场所。

"我们原来的露天咖啡厅变肮脏了。"詹姆斯悲叹道。

德里克咯咯笑着说："无所谓了，没准他们马上就要被揪尾巴了。"

这是一条灯火通明的林荫路，道路两旁排列着单层商铺。每一家都或多或少变成了夜总会。前窗和露台基本都是关着的。脸上带疤、面相凶恶的门卫守在入口。显然，这条街是用来满足外国人的罪恶需求的。有些西方人游荡在这里，他们虽然不像早年间那样是坐船来上海的，但仍然饱受长途而艰难的旅行所造成的饥渴。有个独行的商人暗示等待的出租车司机自己正在找伴儿。

新到的外国人和老上海漂混在一起，夜总会熟客的数量不多，但是经常出现。他们或许是来找其他外国人做伴的。他们是一帮老小子，皮肤黝黑、面容严峻，浑身透着被压抑的欲望，带着想要记住什么，或者忘记什么的需求。

中国人在这里提供的服务是：看门的小厮——平息任何可能发生的暴力事件；售酒的员工——面容平静，力求最大限度地确保饮品能顺利、简单地换成钱；酒保；女服务生；几乎不见身影的打扫桌子的男女清洁工。当然，还有陪酒的。其中一些是独立工作者，或许能提供比性更多的服务。不过，大多数都是城市劳工，跟某个行会签了合同，得到了聊胜于无的保障。她们之中年长一些的女性已经久经沙场，深陷在这个行业中，她们监督着年轻的女性。这些年轻女性主要来自中国偏远地区的不同民族。

这也是一种经济，它的运行与生产相似。劳动力与主要资源相结合，创造收益。但这是肮脏的交易，是黑势力的领域。一个充斥着人口买卖、违禁商品和暴力的世界。

在这种地方，人很容易得出这样的结论：极端的压抑后，罪恶又回到崛起后的中国。但认为罪恶能被根除，本身就是荒谬的。人类的情欲要得到管理，要寻求平衡。早期的社会主义新中国可能在性方面相当压抑，但是它仍然接受了人性中其他更加罪恶和更加疯狂的方面。

这个地方仍然不适合交谈。这些已经半泡在酒里的小子还在喝。我靠着不喝酒的艾伦和喝酒如喝水的德里克。

"上海年轻人晚上去哪儿逛？"我问艾伦。

"哦，我不知道。"

德里克不买账，提醒道："巨鹿路后面那个地方呢？"

"改名了，那地方现在叫阿玛尼。"艾伦说。

"所以呢？"

"我好久没去过了，不过我听说那儿挺受欢迎的。"他说。

德里克说："我建议你俩去那儿，我先把新郎送回家，过一会儿去那里跟你们碰头。"

正合我意。我想看看没那么脏的上海夜生活是什么样，而艾伦总是乐意效劳。

出租车载着我们穿行于夜上海。灯光、色彩、人群从车边掠过。不一会儿，我们停在了一个大号的黄色霓虹灯标志下：阿玛尼。

从表面看，它像个超大型夜总会，里面传出沉重的低音。在得到一个门童的迎接后，我们进入了前厅。迅速交了入场费后，我们走向音乐响起的地方。第一个房间是挤满了人的大舞厅，闪烁的灯光配合着快节奏的音乐，捕捉着舞池里的人的舞姿。人们跟着节奏舞动着，都是年轻的中国人。在屋子边上设有隔间，供人围在矮桌边休息。很多人因活跃的气氛目光都变得有神了。人群看上去鲜亮而坦诚，好像他们并没有在放纵自己。

夜总会还有第二层，通道就在舞厅上面。艾伦似乎认为包厢区对我们来说更合适，所以我们上了楼梯，穿过一个气氛更为暧昧的酒吧，之后是长长的走廊，一串小房间设在旁边，有些房间门是开着的，我看见房间里有能够俯瞰舞厅的窗户，明白这些是VIP包厢，给私人聚会用的。

我们在对面一间奢华的无窗包厢坐定。包厢房内墙壁上几乎贴满了镜子。包厢三面都被红色的长沙发环绕着，中间摆着一张咖啡桌。剩下的一面放着控制台：包括液晶电视和卡拉OK机。

女招待玛吉向我们做了自我介绍，她身材高挑，性格外向。她用英语说，英语让她很头疼，她也不喜欢说英语，所以她用普通话祝我们晚间愉快，说如果有需求就叫她。两个女服务生很快就拿来了瓶装果汁和水，以及外国啤酒。她们还在电视上调出了歌单。

包房公主来了，她们咯咯笑着，礼貌地坐在我们旁边倒酒。其中一个站起来跟着音乐跳舞，她跳得很笨拙，就像初入社交场合的私立学校的高中生一样。另一个很快加入了她，她们一起卖力地用自己的方式唱了一首美国流行歌。我们没心思点评，热心地称赞了她们的努力。我们又开始跳起了舞，在包房的狭小空间里跌跌撞撞。一时间，房间里充满了欢乐和笑声。

不过我很快就返回了主舞厅，融入不知名的电子音乐里。这里只有舞蹈，没有VIP包厢那些蹊跷的暗示。在舞蹈的展示和互动中，令人陶醉的是接触的可能性而不是接触本身。我更喜欢这种转瞬即逝、无法实现的幻想，乐于在人群中独自跳舞，脑子里装满永远不会实现的想法。

我感觉到我周围有相似念头的人越来越多。这些跳舞的人跟楼上红屋子里陪酒的人不一样。他们不是来取悦消费者的，他们是来逃避工作，甚至想彻底忘掉工作，远离烦恼的。而这种狂欢也不能被简单地贬斥为不理性消费。这些人把自己的身体推向虚无，试图表明他们的身体和灵魂都是独特的，他们已经脱离了周围的环境，暂时摆脱了所有束缚。

一些人彻底把自己交付给这个仪式，他们闭着眼追随着节奏，就像寻求觉悟的僧侣；另一些人是来亲密交流的。我身边有两个女孩明显是密友，她们在相视而笑中变得愈发兴奋。她们的动作越来越大胆，因在大庭广众下展示自己的身体而激动着。

不过很多年轻人看起来对这种体验更为小心，他们挤在一起，经常发出咯咯的笑声，正在一点一滴地、有一搭没一搭地学着跳舞。有些人可能愈发熟练，另一些则退回到理智、保守的状态中。

现在的中国在性的方面已经不再压抑，但是即便在一家前卫的上海夜总会里，跳舞所必需的自我放纵也并不多见——虽然明显在增加。

我经常独自旅行，又怯于用其他方式接触别人，于是舞厅就成了我与当地人交流（而不交谈）的场所。跳舞的人彼此不用言语就能形成一种默契。在某些时刻，迷乱在节奏中的我还可能感觉自己就是这个地方的一分子，觉得周围的陌生人认识我、喜欢我。不过，我的夜晚无一例外地会以与今天相同的方式结束：独自一人。在乘车于夜晚穿行时，有点累，有点高兴，或许还更聪明了一点。

在柔和的黎明中，出租车是个让人舒服的载具。忙碌的城市暂时没有了人和车，出租车得以迅速前行。司机很安静，但又满含忧虑，小心翼翼地给一个独行的灵魂开路。

　　星期五早上，我需要去买足球比赛用的运动鞋，也要找些DVD来更新库存。我要粗略看下在上海蓬勃发展的消费经济。

　　在我们沿江而下的艰难旅程过后，薇肯定需要休息。她正在市中心的一座地标建筑里与一个学生时代的朋友会面。我们会一起前往这个地方短暂碰头，然后各自行动。我们步行向北，前往新的城市中心。

　　我们住的那片区域相当现代，是居民区，很中式，而且还非常丑。不过这多少也触动了我。眼前没有哪栋建筑在诞生时被倾注过丝毫的艺术感，放眼望去到处都是混凝土高楼。它们的下面则是建筑大杂烩：因多年风吹日晒染黑的砖石老房子；偶尔会有一座覆盖着玻璃和白色塑料的新楼脱颖而出；还有一个新超市，被悉心布置的外灯包裹着，通体闪烁着白光。它看起来就像一座灯塔，灰色的折面散发着对物质的乐观，仿佛在说没有什么问题是消费解决不了的。

　　不过，这片区域吸引我的地方在于，它是纯粹的上海。这是人们居住的地方，成千上万的人会回到这里，挤进狭窄的高层公寓，睡觉、吃饭。他们的周围全无历史，但已经带有了岁月的磨痕。我猜想不出这些人是谁，他们在做什么，他们为什么而活。

他们的数量和密度让他们的名字不为人知，他们的生活也不引人注意，他们每个人都是一个微型宇宙的主人。

当然，有些人是有辨识度的，比如领退休金的人、年轻的双职工。但在他们之中，有与众不同的、持不同政见的以及离经叛道的人，生活在其他人的关心和兴趣之外。每时每刻，上班族奔向四面八方，穿过街道和电梯，对彼此全然不知。

这也是片服务匮乏的区域，只有几家餐馆和商店。酒店方圆500米只有一家简陋的洗衣店和电子商城。后者有五层楼，里面像蜂巢一样挤满摊位，卖各种电脑配件和数码相机。再远一点是片新商业区，有一些售楼处和一家家乐福超市。家乐福出售大批量生产的食品和电器，很受欢迎，里面上演的购物狂潮与西方同类商店无二。

虽然熟食店在中国一般很多，这里却稀少而不足：一家咖啡店、几家低端西式连锁快餐店和没名气的中式连锁面馆。商业的匮乏强化了这片区域的居住属性，但又使居民搬离此地。看不到人们在这里有什么事做，他们要么待在自己的住处，要么就是正在进出他们的住所。他们的需求只有在关闭的房门后或在其他地方才能得到满足。

步行10分钟后，我们进入了另一片区域。它有两种面貌：老旧破败的和华丽翻新的。当我们穿过它时，一片老商业区呈现出来。有不少砖建的仓库楼，前面的几座还驻扎着一些小商铺和出租房。穿过一条脏乱拥挤的商业街，我发现一家DVD商店，和一般店铺一样，看店的是一个年轻人。

现在，我熟悉了购物流程：站在柜子前，快速浏览一遍，把所有稍微有点感兴趣的都拿下来。不消几分钟，手里就有了十几张1美元一张的光盘。需要注意的是，如果是最近上映的电影，很可能是在电影院拿摄像机录的，画质和声音都很差，这些尽量不要买。有些人可能会对这种售卖盗版光盘的行为痛心疾首，因为这侵犯了版权，但令我震惊的是，它们所能提供的影视资源相当丰富。如果没有它们，人们所能接触到的故事远没有这么多。

这些影片和电视剧也是一种交流方式，如果定价更高，这种交流就不会发生。投资人不会从这种销售中获利，这可能不公平；但制作者的梦想和想法会通过这种传播得到更加深远的回响。

薇笑话了迅速挑选出十五六张光盘的我。她说："中国每年只从官方渠道引进10部外国电影，而且还进行严格审查。难怪我们得用这些非官方手段来满足自己的娱乐需求。"

盗版光盘店过后是几家更为脏乱的小商铺，再往后，这片街区就不一样了。一片旧仓库被翻新成了高档步行商业街。这些被翻新的旧楼装上了光鲜的窗户，散发出华丽的灯光，变得优雅起来。

过去必须被根除，怀旧才能发挥作用。这是我们西方人希望看到的上海：以中西融合为主题的一个画面被好莱坞电影和杂志文章植入了我们的脑海。一幅被赋予了尊贵感的朴素炭笔画，描绘着勤勉和稳定，世俗的笔在上面刷上了红色、黑色、黄色、紫色的印迹。

坐在一间寻常可见的咖啡馆里，喝着价过其值的豆奶拿铁，我们仿佛看到外面卵石铺成的街道上有位身着红色丝袍的女士正在走来。这是我们无法抗拒的熟悉和幻想的结合。这里有我们能在自己国家找到的牌子，但在这样的环境里，我们会觉得自己能买得起它们，或者自己需要它们——我们用手中的银行卡刷下不知道什么时候才会偿还清的债务。

穿过这片商业街时，我看到了另一个上海。薇和我正在靠近上海的中心，玻璃高楼赫然耸立在仓库楼后边。这是一个灰暗的早晨，但几栋摩天大楼在白天仍闪烁着光芒。在商业中心，城市显得更大，更没有人气。街上没有游荡的人，道旁也没有拥挤的店铺。一切都在室内，室外是个由雾霾、天桥、车流和噪声构成的不友善的区域。所幸，大多数建筑都有金属和玻璃外装，足以抵抗这种氛围。其他的老建筑也在陆续安装铝合金和塑料外装。它们的灯光发出了信号，宣告着其内部的安全可靠。

我对奢侈品不怎么感冒，但也看重品牌。我也会把牌子和质量联系在一起。碰见不认识的牌子，我会怀疑它的生产，它让我嗅到了仿冒做工和削减成本的味道。当然，鞋子很有可能是在相同的地点用相同的工艺制造的。但我不想买一双只能踢球的运动鞋，我希望它能向世人传达我的聪明、潇洒。所以，我想在干净明亮的环境里买鞋。不过我还是会认为，在中国我能用更小的代价淘换到好东西。

购物中心位于一座新建大楼的底部，简直是一座由楼层和扶梯组成的迷宫。运动品牌占了一层。薇过几分钟才去见朋友，所以她也跟着我一起逛。商店干净明亮，货品种类令人眼花缭乱，雇员比顾客还多。

在一个年轻售货员的帮助下，我很快选择了一个品牌，买了一双蓝金相间的复古运动鞋。鞋上印着一位巴西足球运动员的名字，他的保佑对12岁以后就没踢过球的我来说是不可或缺的。这里的价格可能比我们国家更便宜，但差别很小。我买一双鞋花的钱可能等于店员一星期的工资，或制鞋工人两星期的收入。

我们上到地面去见薇的朋友，她比薇还要娇小。上海对品牌的热衷显然也对她造成了影响，我给她看了我的新鞋，然后就离开了。

我想看看购物中心的餐饮区如何。结果是，我没有什么可选择，只有一些普通的连锁餐馆。我走进了一家中国化的日本经典食品店——拉面馆，而拉面本身就是20世纪初对中国鸡蛋汤面改良的产物。

足球赛的场地在城市的另一边。我研究了地图，想知道怎么去那里。坐地铁能到附近，但我得换乘两次再步行一段路。公交则是我想都没想过的——如果在陌生的城市上了一辆公交车，天知道它会把你带到哪里去。出租车可能是个不错的选择，但我不知道自己去的地方该怎么说。即便我知道（大多数情况下是这样），司机会表现得像不知道我在说什么一样。而且，上海的司机几乎不看地图。所以，我花了点时间把地图上的汉字描了下来。但这也有麻烦，画汉字是个精细活。而且照着地图画的时候，永远不可能确定自己在描的汉字是"友谊公园"还是"公共厕所"。

从商场出来后，我发现市中心进入了忙碌状态，到处都是快速移动的人群。街上挤满了汽车和卡车，弥散着尾气。对在市中心工作的上百万人来说，出走的时间到了。国庆假期和中秋节还有几个小时就要开始，人们已经开始纷纷逃离。

为了在参加球赛前回到酒店，我也要加入争夺出租车的队伍，所以，我决定到一个不那么拥挤的区域去。在路上，我拦下来一辆出租车，司机看了我酒店的名片后却嗤之以鼻。估计是我的酒店距离太近，在这个出租车需求紧俏的时刻，不值得一跑。又走远了一些后，我逮到一辆刚送完客的出租车。我又拿出了酒店名片，在司机回答之前我提出付三倍的车费。他同意了，但看起来烦躁不悦。我便不敢让他在我换运动衣的时候等我了。

过了一会儿，当我走出酒店时，酒店附近的街道变得异常安静。偶尔会有出租车经过，但都不是空驶。酒店管理员也订不到车，他告诉我，前一个小时里，他给两个司机打了电话，但谁都没来。

距比赛开始只有20分钟了，而我也知道在酒店干等着会让自己抓狂，于是我决定步行前往目的地，希望路上能截辆出租车。当我开始往西走的时候，又觉得步行很可能是个错误决定。我突然意识到这个城市有多大，而我需要从东南角走到西南角。我穿过一大片居住区，走在高架路下，还冲着驶来的出租车招了几次手，但都是载着乘客的。

最后，我进入了一片被推平没多久的区域。这是一片被广告牌和塑料隔离墩围绕的停工的且没有照明的建筑工地。虽然身边的交通仍然繁忙而稳定，但我知道打到出租车的可能性已经降到了最低，没有司机会在这附近兜圈拉客。瞥了一眼地图和手机，我发现25分钟的时间里我只走了三分之一的路程。没有我，同志们也要开赛了。

我开始变得焦虑和沮丧。我想起有竞争精神的德里克为了激起大家的斗志和热情，曾经笑话过怯战的人。我试图对这个刚浮现的想法一笑了之，可现在大家一定都觉得我不愿接受挑战，也不愿检验自己的实力。更甚，我还穿着新买的有贝利（Pelé）签名的战靴，徒步穿越一片废墟。

天色越来越暗。现在我面临一个选择：是向北绕点路走到一个有几家大酒店的区域，还是沿着原路走向前面有明亮灯光的地方。在我犹豫的时候，一辆光鲜的新公交车停在我旁边，开了门。公交车里面，司机面无表情地坐着。车厢里洁净明亮，外面空气浓重阴郁。显然，我必须上车。

在我翻零钱要付车费的时候，司机不耐烦地快速招手示意我上车。看来他不想要我的钱。车厢里人比较多，但不至于挤，我还发现了一个空座。当我走向座位时，几乎没什么人抬头看我。车是往西开的，我开始在地图上查找它的路线。这辆车像导弹一样快速驶过这片荒地，驶进一片更适合它和乘客的区域，一个现代化的灯火通明的地方。车开始卸客上客，我的不耐烦消失了，开始享受乘车的感觉。

上上下下的乘客几乎不互相打招呼，他们都带着一种安静而谦卑的尊严。老年人的穿着也很好，他们服饰得体而优雅，显然经过了精挑细选。结伴出行的老人在断断续续低声的对话中一直面带微笑。年轻人面容清新、充满活力，他们拎着时尚的购物袋，戴着白色耳机。大多数人都在摆弄自己的智能手机，很可能是在跟朋友聊放假的安排。

我已经迟到40分钟了，不过至少公交还在往正确的方向开。当它到达公园后，我准备好往北跑过最后一公里左右的距离，到球场去。

很快就到了球场，我看见人们在拥抱，做着运动员式的握手和击掌——我错过了比赛。穿着没用甚至有点蠢的新鞋，我进入球场跟朋友打招呼。一个年轻的中国队员走上前来跟我握手表示祝贺，他一定是认为我参加比赛了，或者他可能是在感谢我的支援。

我穿过一群英国球员，他们的庆祝带有强烈的挑衅意味。尤其是一个红脸光头的家伙，摆着架势板着脸说："他们要是在英国这么踢，早就被罚下场了。"

我很疑惑，于是找到德里克，问他比赛情况如何。

他说："我们赢了，不过有些人把比赛看得更重。"他转向新郎詹姆斯，放低声音问："你怎么看，他们让着我们了？"

詹姆斯承认道："我觉得是，不过谁知道呢。"

这时艾伦出现了，他看上去高兴又有活力。德里克感谢他组织比赛，他友好地点头致意。艾伦召集的其他中国队员现在都收拾完了场边的东西，正走向自己的车，或去找来接自己的朋友或女朋友。艾伦称他们为年轻的商业伙伴。和艾伦一样，他们也开着明晃晃的白色新轿车，拿着鲜亮的手机，戴着精美的表，看上去乐观、健康、自信。

潮湿和雾气让上海的夜晚提早降临。而西沉的太阳已突破地平线，瞬间将草木染成了金色。公园四面都被高耸的城市建筑环绕。这些建筑在灰色的天空中投下一道道崎岖的剪影。足球场的灯光亮了起来，在笼罩着这座城市的浓重的空气中形成一片光晕。我看到一辆白车驶离公园，汇入车流中。城市仍然轰隆隆地运转着，人们奔向四面八方。

星期六是举行婚礼的日子，但薇和我要去跟我的一个老相识闵吃午饭。他是个知识分子，我们原来通过朋友见过一次。我们通过翻译简短地聊过几句，他对历史和毛泽东有独特的见解。他提议我们在他公司附近的餐馆见面。薇很奇怪为什么在中秋假日的第一天，他还在位于河畔老城区的办公室上班。

我们早早到了那里，先去参观了外滩。它曾是老上海首屈一指的大街，像连接着整个哈瓦那（Havana）的海堤马雷贡（Malecón）一样。外滩是上海发展的标志。"bund"这个词由英国海员从印度引入，意为"堤岸"。老上海便是靠着它而建的，所有的人和物在某一时刻都出现在了外滩。

沙宣和嘉道理的店就开在外滩。他们都来自中东，出身于犹太商人家庭，在美索不达米亚和整个阿拉伯、印度沿海地区与大英帝国的商人结成了巧妙的联盟。他们是那种你想要什么就能给你什么的人。随着英帝国及其利益向东扩张，他们也被吸引到上海，这个正在迅速成为东方最重要商业中心的城市。

在外滩的石头堡垒里，上海的商行控制着连接着伦敦和旧金山的贸易网络，掌管着从巴士拉（Basra）到巴厘岛（Bali）的每一个港口。世界上最大的银行也纷纷在上海开设分行，为东方日益壮大的企业提供资金。这些企业也都设在外滩。

上海外滩是全球资本家的重要聚集地。上海是中国最早的经济对外开放区之一，中国的法律却不能约束这里的洋人。除了在二战时期日本曾进行过短暂的统治，没有哪个列强能够在上海拥有绝对的权威。它既属于所有人，又不属于任何人。它是大企业家喜欢的地方：蓬勃发展、管理松散。

外滩上还立着一些老建筑，有些老酒店还在运营。曾经富丽堂皇的建筑现在看来狭窄又寒酸。但外滩正在经历一场整容，尊贵的新建筑拔地而起，取代了那些已经污损的、没有用的。新外滩与它在爵士时代的浮华毫不相关。现在，这里建起了商店。在外滩漫步、欣赏建筑和江水的人不再是上海所不可或缺的自由经营者。现在来到此地的，是中国共产党所代表的中国人民欢迎的人。中国人还在外滩的周围建造了一座城市，这座城市远比旧有的区域更受关注，令它相形见绌。

当我们到达外滩时，发现很多从中国北方和西部来的上岁数的人，或拖家带口或成群结队。他们穿着实用结实的衣服甚至军大衣，用来抵御尘土和寒风，这是大都会的上海人不会穿的。他们高兴地从旅游车和地铁站出来，脚步匆匆地穿过外滩走到江边，背向阴郁的石头宫殿。他们到此并不是为了追忆外国人的过去。他们好奇地盯着的是油乎乎的江水对面浦东的天际线，仰头看着圆球和尖塔，仰头看着金属和玻璃建造的巨大的新摩天大楼。

那里与全盛时期的老城区不同，明亮、洁净，展现着力量和希望。

离开外滩，老上海的魅力骤减。这个区域的很多旧建筑现在看起来都是乏味而渺小的。老城区里几乎看不到过去的荣耀。闵在老城区从事的也不是什么尖端工作，他的行业古老、死板、保守、稳定，也没人能从这个行业里发家致富。我们到了他选的位于楼上的大而空旷的餐馆，找好了位子等待他到来。

他中等身高、身材瘦削、杏眼、鬈发、发际线略高，看起来有点像外国人。他来的时候拿了一件轻便雨衣和一把雨伞，一身中层经理的装束：深色的休闲长裤和领口带扣的白色衬衫。紫红色的毛背心肯定是他专门在周末才穿的。他刚到便问我在中国过得怎么样。我告诉他为了理解中国，我一直在去不同的地方，见形形色色的人。对这个模糊而又做作的答案，我只得羞愧地笑了笑。但天性大度的他示意我继续说下去。

他想知道我具体去了哪儿、要去哪儿。我迅速给出了我的旅行安排。我承认，这只是中国的一小部分，考察也很粗略。我告诉他我在调查几个重要的主题：中国与自己历史的关系，中国与西方的关系，中国人的价值观——家庭的、城市的、农村的、传统的、现代的经济，环境，饮食，宗教，性。对这个计划的规模，我们又一次发出了笑声。

我提醒他，上次我们见面的时候，他谈到了现代中国正在试图对抗自己最近的历史——中国是如何试图挣脱过去，而现在又是如何重塑它的。我请他继续说自己的想法，解释一下这种对过去的塑造可能是什么样子。

闵的想法经过薇的翻译，听起来细致入微。薇在翻译上下着苦功，同时我也着重注意了闵的表达和手势，以知道他什么时候在阐述，什么时候在推理。

他的观点是从历史认识出发的。他说，中国最初的共产主义热潮并不是深思熟虑的结果，它首先是对存在于中国的长期不稳定状态的本能反应。他承认，很多人都认为中国那时候已经破产，道德败坏，阶级体系已经破败不堪。

他解释说，不管怎样，对暴力的恐惧都是革命的有力推动因素，而100多年前的中国充满了暴力：恐怖的太平天国、义和团、列强入侵、大大小小的军阀割据和暴政。人民痛苦而困惑，他们越来越希望看到事情发生根本性的改变。

两个新因素的加入促进了革命情绪的高涨：外部世界对中国的介入和自由化的媒体。前者带来了强有力的政治、经济新思想，但也带来了暴力，并使遭遇不公的中国人能够明确地把自己的困境归咎到某些罪魁祸首上。自由媒体——有阅读能力的人都会看的东西——让剧烈的痛苦得到了更广泛的回应，甚至在知识分子间也引起了共鸣。

或许，这种环境让人们比以往任何时候都愿意看到混乱，进行冒险，去做出巨大牺牲，促成某些深刻的改变。闵面带笑容说着，并等待着薇媛转达他的观点。

他又说："愤怒是一种工具，一种可以利用的东西。"他告诉我们，给革命带来统一性的唯一因素就是大家对改变的渴望。早期的革命领导人对"改变"有各种不同的看法：各种形式的以工人或农民为基础的社会主义运动——列宁式、斯大林式、托洛茨基式；一些无政府主义派系；各种自由化改革思想；新传统主义者；太平天国式的宗教唯心运动等。

显然，革命的第一个任务是给这些杂乱的理念中带来秩序和和谐。闵说，这是毛泽东的专长。到1949年，毛泽东成了党和国家的领导人。他让自己看起来处于变革的中心，以激励人心。

我们花了一些时间在这上面。闵乐于继续阐述他在知识上的追求，我也愿意听。而薇也想要参与到热烈的讨论中来，但她忙于翻译，无法分享这种令人目眩的兴奋。

有一次，我打断她，让她问闵是否认为自己是激进的人。他没有直接回答，解释说他只是在描述一段由激进思想造就的历史。而且，中国人对激进的标准跟西方人不一样，后者在最近的年代里一直处在非常舒适和稳定的状态中。但是，他又补充道，这当然也在改善，因为中国的物质条件正在发生巨大的改变。

闵告诉我们他采访过别人，但更倾向于用文字记录。

我说："这有点讽刺，你说的那个时期主张否定过去，而你又在记录它。"

他回答道："我是相信平衡的人，现在中国正在制造轻率的、经过包装的过去。人们不能没有过去，所以过去被生产出来提供给他们。简单、批量制造并随时可用。我知道你肯定很熟悉这些模式，但我一直在当抄写员，记录过去，提醒大家我们有能力做什么，不管是好事还是坏事。"

"你是个极端主义者吗？"我试问道。

"没有极端就不能取中。"

"不过，你看起来是个行事温和的知识分子。"

"这是因为我全部的追求都是知识上的。"他又评论道，对外来思想的崇拜在中国越来越普遍。但对绝大多数人来说，那都是物质的、流于表面的追求。

他又谈起了毛主席。从一开始，毛泽东就近乎本能地感觉到，变化必须从农村开始。在这些地方，中国的过去仍然在以各种形式存在，且没有被外界影响和改变。过去的存在是真实而残酷的。人们抓着重复和迷信不放，就像抓着浮木的溺水人。面对巨大的痛苦，过去给了他们唯一的保证：不管怎样，生活还在继续。

但过去也是一种操纵的工具，它可以被用来进行控制和压迫。懒惰的富人可以把过去修饰得更加怡人而光彩；腐败的人可以用它来进行统治。把农民从过去中解放出来就像爆炸一样，当人民从历史的惯性和污秽中抬起头，无限的原始力量就得到了释放。

闵承认，那段历史让中国人民有了自由的观念，一切都要被质疑。或许这是必要的，他又补充道："我是乐观主义者。中国将走向何方，还有待观察。大家都认为中国正在发生一些大事。有人认为这是由毛泽东开始的，有人认为是在他之前；有人认为发生的是好的，有人认为是坏的；有人认为还有机会，有人认为机会已经消失了；有人担心我们可能迷失了方向，我不这么想。事情正在发生变化。"

婚礼要在一家著名而高级的老酒店里举行，它占据了曾是法租界的一大块地方，其位置也是一景。穿过酒店的院墙，你会进入一个由精心修建的草坪和引人注目的树木构成的绿色圣殿。酒店是一系列华美但低矮的石头建筑，它就像电影的片场：奢华的感觉让人想起20世纪二三十年代。而一些细节，则更贴合我们这个时代：极为耀眼的灯光，通向精致房间的宽敞电梯——这些房间在全世界的高级酒店都能见到。

我们的庆典要在酒店主体外的一个庭院中举行。宾客在中央过道两侧的两排桌子后面就座，过道前方是要举行典礼的区域。薇和我与在华西方人以及他们的中国妻子们坐在一起，另外还有艾伦、利托和他们的女友。庆典上，英式的欢乐与中国的风俗交织。西方元素中的幽默落地无声——有很多面无表情中国面孔。

伴郎的讲话充满友善的打趣，却制造了一些特别紧张的时刻。在中国，婚姻关乎现世和来世的生存，家族因此得到强化，血统借此得到延续。所以，婚礼现场不是什么开玩笑的地方。

新娘和新郎显然是相爱的。我看到，她关切地看着他。她喜欢他的机敏和聪明，他突然而笨拙地迸发出的激情，还有他只追求心和灵的深刻信念。看着他，她温柔地笑着。这个男人有她所爱慕的内在，能够唤醒她的柔情。她想帮助他成长，帮助他取得成功，想无论发生什么都不离左右。她在他身上看到无限的潜力。

他期待着这场婚礼，也沉浸其中。我知道从很早以前开始，她就迷住了他。虽然她温柔优雅，却拥有令他五体投地的钢铁般的意志。他对手头的工作全神贯注，尽力不搞砸任何一件事；他希望一切都完美无缺。他是如此希望得到她的认可和赞美。他觉得，为了她，自己能够变得更强、更好。

艾伦起身向来宾朗诵了一首诗。到现在为止，我听过多少句汉语了？不少，肯定包括所有的发音了。这么多声音飘过我的脑海，什么痕迹都没有留下。或许，我已经渐渐了解并爱上了一些更熟悉的人；或许，我现在很高兴能用正确的音调来表达最简单的单词。

这首古诗词的音调，由勤勉的艾伦小心翼翼地念出，比我听到的任何东西都让我陶醉。这是一种很难听到的汉语，一种读经典诗歌所需的汉语，充满曲折和震颤，抑扬顿挫。

薇悄悄地告诉我："这是首汉代的古诗，很美，大概是这个意思：'山无棱，江水为竭，冬雷震震，夏雨雪，天地合，乃敢与君绝！'"

宴席极为丰盛。上海本邦菜奢侈考究，有各种美味而罕见的小碟和甜酱：甜汁卤金钱肚、醉虾、摆成菊花造型的糖渍小萝卜；要从鸭颌骨里吸出才能吃到的鸭舌。小冷碟堆在我们面前，一道道主菜也随之而来：带着黄的螃蟹、烧乳猪、糖醋鱼。根本就吃不完。在中国式的宴席上，客人要在各种菜肴中慢慢地品，边吃边喝大量的酒。这样的吃法，最后能消灭掉大量食物，但清盘的速度远不如上菜来得快。

艾伦和利托的女朋友都很漂亮。显然，两个家伙都有些手段。艾伦的女朋友来自四川，此地多出俊俏而活泼的女子。她高个子、外向，用还算过得去的英语告诉我，她是某个正在走向全国的成功化妆品公司的初级经理。她显露无遗的自信让她看起来正配艾伦。

利托的女朋友看起来配他也是再合适不过了。她散发着一种愁闷的优雅。她不会说英语，也很少说话，带着善意的倦怠看着眼前的一切。在这模糊而温和的举止背后，她又闪烁着一丝深沉的光芒。我发现她熟练地照料着周围的人，尤其热忱地照顾着她的男伴，他在这个傍晚沉溺于欢宴，放纵地豪饮。她的大笑、她的侧目和她温柔的微笑似乎都隐藏着巨大的悲伤，仿佛有什么事给她造成了莫大的打击，让她能够接受一切。我把她想象成吸鸦片的瘾君子——这在现在的上海不太可能，不过这种幻想能够解释她古怪而迷人的举止。

我旁边坐着一位红脸的英国汉，还在为足球场上的事愤愤不平。他的妻子是一位瘦小的中国女士，他们还带着女儿，一个可爱乖巧的学步小童。这个小姑娘刚刚小心翼翼地吃了点东西，她和她体贴的母亲就悄悄地离开了。

那英国人找上了我。

我得知他在某职业学院教商科，曾经是英格兰北部一家公司的中层经理。他个儿矮、结实、皮肤透着肉粉色、秃头。他是讲究团队合作的人，希望团队有清晰明确的规则。一开始，他有趣、直率，但很快就开始说些不着边际的气话。中国显然是触碰到他哪根弦了。

当话题变成了我到此地的原因——做些什么研究之类的，他就开始滔滔不绝地谈自己的观点。他语重心长地说，中国没给他留下一丁点儿好印象，作为一个社会，中国还有很长的路要走，才能达到他的标准。他告诉我，他的学生应该是要接受教育的、有前途的年轻人，但他们毫无想象力。他还解释说，如果让他们学些需要背的，他们能够背得一点不差，然后他给出了明确的结论："但要让他们就一个新话题表达自己的观点，用自己的方法分析什么，得到的全是垃圾。"

他不认为是因为他们英语能力不够，或者关于教育的观念不同——学校是要去听而不是去说的地方，学生不应该说出自己的想法，而是重复先生的教诲。他说，这些可能是影响因素，但问题不在于表面，甚至是不可避免的。问题在于他们是谁。

他把这归罪于孔子："我无时无刻不希望这个老家伙从来没存在过。"

我只能笑，这又引得他接着说。

他鄙夷地说："看看孔子让中国人做了什么，他让他们变成了世界上最大的伪君子。什么都是假的，都是在事实上加的表象。你不能总是照人们告诉你的那样行事，这意味着没有什么真正的责任感。"

我试着通过提他美好的家庭来把话题引向别的方向，却不经意间触到了问题的核心。

他说："这就是最糟糕的，孝道的魔爪！我女儿的外祖父母不仅要干预我们的生活，他们还想掌控一切，定规矩。听人不动声色地说我在自己的宅子里没有发言权的时候，你觉得我是什么感觉？干得漂亮，孔子！真是疯了！"

他说，几个月以前，他的岳父跟他促膝长谈，告诉他因为他们的儿子没有孩子也不会要孩子，他们女儿的女儿应该跟他们姓。"他们居然假设我不会关心我的女儿会不会跟我姓，好像他们要把传统以外的都抹去，包括我。"

"哥们儿，对不起。"我说。但我猜自己并不太诚恳。事实上，我也不可能诚恳。当时他有点喝多了，眼神迷离。垂头丧气的他把脸转向自己的餐盘，陷在自己的麻烦里。

利托隔着桌子注视着我们，他察觉到了这个英国人的愤怒。他情绪不错，想要知道这个家伙的坏脾气有没有扰了我的想法，毁了我的兴致。他走了过来。

我们的交流还是很艰难，不过酒精和诗意的场合或许对利托的英语能力产生了影响，我们多少能对话了。

"你一直在旅行吗？"他问。

"对。"

"还愉快？"

"我喜欢旅行，我也喜欢中国。"我友善地说，又补充道，"旅行一直是我了解自己的方式。中国让我更了解我自己了，还有其他更多的东西。"

"你去了很多地方？"利托问。

"对，我见识过一些奇观。不过中国真的很吸引我。"

"你在做纪录片，对吧？"

"对。"

"旅行纪录片吗？"

"算是吧。"我承认道，"也没什么好隐瞒的，它们都是在飞行的时候拍的，也是旅行的一部分。"

"对你不了解的地方，你是怎么做纪录片的？"他礼貌而尖锐地问。

"到那儿去，深入该地，交出你自己和你所有的东西，试着让那个地方告诉你该怎么做。"

但我对他主导的对话有点不耐烦了，便突然问道："你在忙什么？德里克和詹姆斯都使劲夸你呢。"

突然，我感觉到这漫不经心的恭维似乎伤害了利托，又或者是问题本身。不管怎样，利托给出了有攻击性的回答。他告诉我，关于他，现在没什么值得聊的。我试着讲些艺术家的苦难之类的话来表示同情，但他对这些陈词滥调一点都不买账，虽然它们可能都是真的。

他告诉我："关于艺术我原来想了很多，都是在我真正开始搞艺术之前。起初，我学习艺术，对我希望或应该希望从中得到什么思考了很多。但我发现这个方法并不能把我引向成功的艺术。我决定不再想它，去做就好，但又不能做。现在，我能做什么就做什么，显然那都不是艺术，我也没有多余的时间和精力去真正创造艺术了。"

这时，他的女友来到他身边。我抓住这个机会，开始尴尬地尝试更轻松的对话。德里克也加入进来，不时冲我微笑。

在对话间隙，德里克告诉我："有个人你可能该见见。跟现在这帮人不一样，他不会待到太晚。他教我和詹姆斯中文。"

我被引向了一个带格架的门廊，就在亭子外面。夜晚很暖，空气中弥漫着花香，被攀爬的藤蔓所覆盖的露台多少阻挡了一些城市巨怪发出的喧嚣。

一个英文名叫约翰（John）的人和他的妻子在等着我。他们都很瘦小，穿着我印象深刻但没想到能在夜上海看到的装束。他上身穿着带领扣的白色涤纶衬衫，没系领带，没穿西装上衣，下身穿着炭色化纤西裤。她穿着带鲜花图案的浅色连衣裙，肩部蓬起，有红色的刺绣，领口处系有中式风格的纽扣。她一头直长发，以最简单的方式盘在脑后。他的头发散乱在耳朵和后背，浓密而柔软。他戴着一副耐用的老式长方形塑料框眼镜。站在一起的他们好像是一对25年前的好学生。他们确实是，现在也是。

"德里克告诉我，你是电影制作人，也在考察中国。"约翰说。

"对，不过我还没拍过跟中国有关的，只是写了点关于中国的东西。"

"关于什么？"

"北京和中国政治的变化。"

"政治？你对这个感兴趣？"

"也没有。"我被迫承认，"不过这是工作，而且政治对我来说似乎容易点，是个好的起点。"

"那你是怎么看中国政治的？"

"本质上，我认为政治体制是一个了解中国历史的简单方式。比如，我认为朝代的更替仍然在运行。现在不过是另一个朝代。虽说有些不同，但逻辑上是一样的。"我谨小慎微地说着，不过约翰似乎接受了我所说的。

"是，它们都一样，不过时代不同了，所以它们也不同了。各个朝代之间也不一样。你去过杭州吗？"

"很久之前去过，1990年，跟家人一起。"

"这个时间来中国很特别。"约翰若有所思地说。

"对，不过我喜欢杭州。我记得自己看过西湖上的石舫。记得老城区的一家中药店。印象很深，它很漂亮，是一个商人的木构宅子，罐子和抽屉里草药的种类让人目不暇接。我猜你是杭州人？"

"对。"约翰说。

"跟我讲讲杭州吧。"

"那是一个伟大的城市，如果你对朝代的更替感兴趣的话，尤其如此。"

"它是宋朝的中心。"我说，"当时的中国是最小的。"

约翰告诉我，宋朝是中国历史上最美、最重要的朝代，是黑暗中的美好时光，是在暖夜里充满犹疑和欢笑的时刻，是充满绝望和创造的最后时刻。

　　他继续解释起宋朝的独特。他说，它的诗词和绘画，是那个时代的人对人类的处境和困扰人类的谜题进行的深刻思考。那是关乎中国存亡的时代。因此，它肯定是缓慢收缩的时代，但灭亡将至的感觉也是哲思的原因。他说："智慧，不会来自胜利和成功，而是来自失败和破碎的心。"

　　"我承认，我原来一直以为对存在的疑问是近来西方才有的，而这种不安需要以现代的个人主义和舒适为基础。"

　　"不对。你可能会感到惊讶，很多思想都曾在这里出现过，远早于西方。"

　　"可能不对吧，我觉得西方的情况也很微妙。"我反驳道。

　　"宋朝有出版业，也有很多书留下来。"约翰解释说，"宋帝国小而富有，人们花很多时间在工艺和学习上。他们有一支活跃的舰队，不过因为实力有限，外界也很危险，因此，为了避免血本无归，商人会入股其他商人的商业远征。那时候也有纸币，人们对价值和团体的认识也已经很复杂。有物质上的满足，个人观念也开始出现。"

　　"那时也存在疑问。"他认为，疑问或许是个人主义的成因。他叙述着疑问如何潜入到我们周遭的世界里，把我们隔离开，让我们觉得孤独。然后说道："艺术利用了这种怀疑，在人和人之间制造了联系，确保了团体的存续。或许还是个自由人的团体？"他故意拿我开涮，"个体在孤独中受伤、迷失继而了解自己；他们看到了别人受的伤，能感同身受，然后给社会制定了互相保护、互相受益的规则？"

"那宋朝发生了什么？这些人现在去哪儿了？"我追问。

他笑着说："蒙古人来了。宋朝是个转瞬即逝的影子，宋帝国富有，但也不足以对抗这样巨大的力量。宋朝的日子很好，但不能长久。"他若有所思地叹了口气，耸了耸肩继续说，"而在地球另一边，西方正在高歌猛进，说自由社会是自己的东西。但我们这些了解、喜欢宋朝的人，早就已经见识过它了。在这些影子里。"

我得知，这个有趣的人是名文学教师，他曾教西方文学，也一直对此抱有热情。他最喜欢的西方时代也充满影子：19世纪晚期到二战时期。他认为，这是充满巨大疑问和绝望的时代，但也是难以置信的个人见解和伟大艺术出现的时代。我们聊了陀思妥耶夫斯基（Dostoevsky）、普鲁斯特（Proust）、T.S.艾略特（T.S.Eliot），感叹了人类的独特和易逝，聊了关于真理的歌和美丽的幻想。

让我惊讶的是，约翰认识今晚出席者中的许多人。德里克和新郎詹姆斯都是他的学生，利托也在他的大学念过书，是他把利托介绍给了德里克和詹姆斯。

约翰表达了歉意，他说自己和妻子必须离开了。在整个对话过程中，她一直静静地站在他旁边，用微笑支持着他。这让我感觉，她和他说的每一个字都有默契，仿佛他都是为他们两个人说的。我们的道别温暖而丰富，德里克说得对，约翰是个很好的老师。

当我回到宴会上，人们正在往另一个亭子走，那里原来可能是俱乐部会所或者食堂，现在变成了豪华的夜总会。门口的石头露台原来是打完网球或门球的人前来喝柠檬水或金汤力的地方，现在被玻璃围起。里面摆的不是桌椅，而是低矮的大床，每一张都朝向窗外幽暗的草坪和远处城市的灯光，床之间有红色的厚窗帘相隔，每一张都配有华丽的靠垫和小桌子——看上去像是用来放大烟枪的。这个夜总会占了两层，有很多房间。墙壁被涂成了深红，灯光设计巧妙，被遮挡着。有好几个吧台提供高档鸡尾酒。

来宾占满了小隔间，都是一帮相对年轻的人。婚礼和宴席已经结束，这是一个要付费的酒吧和开放的聚会。一些老人——有些相当老——还在角落里。一位年长的女士谨慎地坐在边上，脸上带着些许责备，活像一个监护人。她目不转睛地盯着这些年轻人，对年轻人的狂欢既深感奇怪又颇有兴趣。或许，她在暗自想着自己已经非常久远的年轻时光。

黑夜渐渐退去。一个DJ招待着我们，先给我们放了轻松熟悉的旋律，然后逐渐加大节拍的力度。新娘和新郎带头起舞，他们的爱的嬉戏极具感染力。我们笑着、叫着、乐着，在夜色中迷失了自己。

我们中有一些人躲在舞厅的角落，倚在一张大沙发上。我几乎不知道是哪个服务员一直在给我们端酒，也不清楚我们这一堆酒的账单是什么时候来的。利托坐在我边上，看了一眼账单，突然激动起来。他立刻朝咖啡桌对面的服务员喷起话来，然后跳起来，双手抓住那个吓坏了的年轻人，凶暴地把他从桌子对面拽过来。这个瘦弱的小伙子朝我们飞过来的时候两腿乱蹬，把桌上的饮料都蹬了下去。利托卷起袖子要打这个已经被摔进沙发的小伙子。而艾伦和我抓住利托，把那个年轻的服务员拽了出来，他连滚带爬地跑向安全的地方。

我不知道发生了什么，也不知道为什么。利托对账单不满意？不管怎么样，这个服务员在我们面前挨打，我是万万不能同意的。所幸我不用再做什么，艾伦帮助利托恢复了平衡，冷静地跟他说话。我不知道他在说什么，但我知道艾伦一边让他发泄，一边在询问到底发生了什么，还试着让利托不再想刚才发生的事和它所带来的情绪。艾伦很冷静，仿佛什么都没发生，什么也不用说一样。不一会儿，他就消除了紧张状态，让一切回到了正轨上。

但利托的座位空了下来，他挪到了房间后面去了，低头靠墙站着。过了一会儿，他消失了，可能没有离开聚会，只是不在我们附近了。我们又回到欢乐中，开始说笑起来。

　　我发现老朋友德里克靠着另一面墙。我们对刚才的闹剧发出了会心的笑，都觉得利托这个可怜的人，今晚过后可能再也不会出现了。德里克摇头片刻，然后又一次抬起头，笑起来，笑他在这个疯狂的世界中的冒险，笑把他流放到中国海岸边的命运，笑人们在他的视野里进进出出，带来知识也带来困惑。"那就让我们为现在的伙伴举杯。"他若有所思道。

　　我跟他一起举起酒杯，在走向舞池时路过薇的身边，她正在喝水。她刚跳了一会儿舞，两腮泛红，黑色的眼睛闪闪发光。"你要去跳舞吗？"她问，"我不确定你是能跳舞的那种类型。"

　　"真的？那我是哪种类型？"我戏弄地说道，又在她回答之前说，"好了，别回答了。"

　　舞蹈很快就吸引了我们。独立而聪慧的薇，把自己交付给了音乐，脸上散发出羞怯而轻快的笑。利托的女友，低垂的目光仍然紧锁着她所有的秘密，但是她的唇间挂着神秘的微笑，她的腰肢款款摆动，与音乐无比合拍。艾伦和他充满活力的女友正在表演熟练的摇摆动作。新娘在白色礼服的映衬下，光彩照人。她光着脚，黑发垂下来，双手高举，在舞池转个不停。一时间，我们忘记了过去，在舞蹈中成了兄弟姐妹。

　　后来，那位年长的女士起身了，一个年轻的亲属带着她，缓慢地从我们中间穿过。在她小心地落下每一个脚步时，弓起的背影仿佛在向我们诉说着岁月的沉重。

　　不过，我没有移开视线，而她扫视的眼神也不时和我交汇，闪烁着气愤、羞耻和笑意。

　　她的眼睛仿佛在说："你怎么敢盯着我看？要是可以的话，我也会在舞池停下来。我也曾经相信我的自由，如果可能的话我也会加入这个夜晚。但是这当然不可能。所以，我尽可能放慢脚步，用我这双老眼饮下它们能从这些影子里汲取的所有瞬间。"

第七章

[三大王国]

……汤谷上有扶木，一日方至，一日方出……

——《山海经》，约公元前4世纪

1990年，我去过苏州，它是中国中部的一座大城市，以华丽的园林著称，它们是优雅和富庶的标志。父亲、兄长和我至少参观过6个。它们现在是公共公园，但原来都是归私人所有的。其中有些是围有高墙的巨大宅院，是官员和将军的府邸；另一些是商人在运河畔的宅院，里面有小凉亭和花园。

这些园林在对空间的利用上尤为出色。它们被细致地分隔开来，组织得井然有序，人在穿行其间时，目光会受到控制，总能看到完美的画面。这是通过用树木、流水、石头造成对比效果而实现的：小变大，近变远，新变老。

苏州让我第一次在中国见识了什么叫夸大其词。我们由一个人陪同，他肯定是市长或者当地党的领导。不管他是什么职务，他都清楚地向我们表示了他是苏州的决策者。他四十出头，瘦高，穿一套定制的深蓝斜纹布衣服。我们在市里最新、最豪华的酒店与他见面并共进午餐。午餐很精致，他问我们在中国有没有吃过这么精美的食物。当他做手势的时候，我能看到他袖口处的名贵手表在闪着光。他列出了他对城市的规划，并承诺，美会走出园林，重新回到这个城市里。通过一个几近死板的翻译，他吹嘘道，审慎的措施会确保他在市中心区域鼓励的房地产行业得到急剧发展。

他还带我们到了旧城的郊区，让我们看了一片荒芜而泥泞的平地，上面散布着一些破房子和简陋的公共设施。那儿要盖一个大家伙，虽然它现在还是一片空地，我们的东道主显然已经开始为它感到骄傲，盯着它的时候眼中充满幻景。我现在知道了他看见的是什么：工业。他想让苏州制造供全世界消费的产品。

我们也参观了离苏州不远的工厂，它并不很现代：一家制丝厂，厂内有一排排砖制公寓楼，看上去像是20世纪50年代的人民公社。厂房和周围的住宅几乎无法从外形上得到区分。这个地方被贴上了一个官方的标签：人民丝绸研究所，或者差不多的名字。我们得知，这里研究的是丝绸的各种用途，虽然唯一的证据是我们收到的临别礼物——用丝制成的护手霜。

我进入一个从蚕茧上抽丝线的生产车间，里面的场景令我毕生难忘。大厅用荧光灯照亮，虽然天花板很高，但屋子还是又热又潮，里面还弥漫着难以忘记的奇怪酸味和坚果味。抽丝之前要先煮带蛹的蚕茧。大约有50个工作站，每一个工作站上都有一名穿着制服的女工坐在盛着沸水的金属盆前。每一个大盆里，都有十几个拇指大小的白色蚕茧在滚水里起舞。煮过之后，将丝线聚在一起的胶质黏液会被软化，女工用竹钳夹起蚕茧，在强光下检视，寻找丝线的端点。她们用镊子小心地把茧上的丝线展开，直到只剩下里面又臭又可怜的虫子，它们被煮得发胀，然后被丢弃。

世事常如此，对产品的制造过程的感受与我们对成品的感觉迥然不同。制造过程中的热水、臭味和精力，完全不会在优雅的丝衣上留下痕迹。人们很难记得那些梦想着飞翔的小虫。也许正是神秘和艰难的制造过程使得丝绸价值连城。在早年间，大规模生产丝织品也不无动机：它兼具羊毛、亚麻、棉花的优点，轻薄柔软，强韧保暖，还有一种不可思议的美妙触感。

丝绸的制造复杂而精细，涉及园艺、种植、烹饪和精确操作。中国古代历史学家说，它是和文字、农业、动物驯养一起，被夏朝的君主所发现的。农业在许多地方独立出现。在中国之前，苏美尔人（Sumerian）和古埃及人（Egyptian）也有详细的文字记录。文明、历史、财产权在世界各地都得到了确立，但早期制丝业则是中国的专利，其在很长一段时间里，对外国人来说都是神秘的。

蚕只吃某几种树的叶子，其中最主要的是桑树。在种植这种树时，要通过剪枝控制其大小。其后，这些树要遭受一种特别害虫——蚕——的侵袭。蚕的数量要保持稳定，而很大一部分幼虫都会在茧中被取走。然后就是我之前在满是臭气的工厂里看到的那一幕，茧被煮制、拆开。然后蚕丝会被纺成线，再进行编织。剪枝、收集、加工需要很多时间、很多组织、很多精力和很多能干的人。

在很长一段时间里，穿丝绸都是地位和教养的标志。领主会面时，穿丝绸的就比其他人高一等。冷也穿丝，热也穿丝。如果谁想像猛虎或灵蛇那样行动，那就应该穿丝绸。在毛毡、皮革、铁甲的覆盖之下，穿丝绸更令人惬意。如果谁需要像帝王或祭司一样过活——学习、占卜、寻欢，那就试试丝绸吧。

我们衣食住行中的绝大部分都是经过彻底加工的。有些工序——比如研磨谷物并做成热餐——历史悠久。有些则更新一些，比如用碳氢化合物在金属活塞里制造小爆炸，让硅制微型电阻对电脉冲进行传输和编码。制造一直是人类经验的关键特征，深深地贯穿在时间长河里。

从最严格的意义上讲，制造就是手艺，用手做东西。在最开始，它所涉及的是简单的加工链条，通常是由同一个人完成的。比如制作面包：播种、收割、脱粒、晒小麦、研磨、烹饪。制造丝织品则是：种植桑树并等待蚕蛾产卵；让幼虫从卵里孵化出来，尽情吃树叶直到把自己包裹起来开始变态；把茧从树上取下；煮制；抽取并烘干丝线；织布。

可以想象，纺丝是需要团体合作的工作，在马克思诞生前后都被重复了许多次：自由而幸福的农民家庭一起为全家创造收入，少女在点缀着鲜花的凉棚下纺丝，当她们工作之时，知识以歌谣的形式传授给她们。

更可能的情况是，制丝的模式跟中国古代的其他精英产业相似。它们都为大地主或者皇权所独享，比如陶瓷和军用锻造，都是一直被严格管制的产业，也是财富和权力的基石。丝绸或许能更好地说明这种古代等级制度的复杂。我们可以把它想象成一种货币，只有那些能迫使其他人为自己效力的人才能使用。一个领主可能会圈起一片宅地，种上桑树，征集村里的姑娘来纺丝，而他则用这些丝绸来装点自己的厅堂。他还可能把丝绸当作贡品进献给更有权势的人，以得到支持和保护。

与在泥地里劳作或在战斗前线拼杀相比，升格成为精英产业的劳力是有价值的。制丝通常是宫廷产业，与领主亲近的体面家庭会把儿女送去为领主效力，年轻的朝臣会成为工头和干事。他们中的佼佼者还可能成为贵族家庭的一员，得到封号或接受教育等优待。

随着地位的提升，朝臣也可能掌握相当大的权力，成为将军或掌管财权。女性还可能作为妾，在主人的家族谱系中拥有一席之地。经典传说里不乏纺丝少女的故事，她们经由主人的卧榻和通过对她们自己的皇室后裔的牢牢把控来获得权力。

儒家伦理甚至可以被看作一种制丝时代的伦理，旨在让破败腐化的宫廷恢复荣耀。这不是通过消灭服从来实现的，而是要在子对父、妻对夫、臣对君的关系中强化服从。伟大的圣人这样说，如果一个社会中出现的服从与一个健全的家庭中出现的服从是一样的，那么它就是高尚的，遵守它是通向和谐的唯一途径。

早在2500多年前，孔子就已经在回顾他500年前的时代，渴望着他认为其中存在的和谐。好像他已经得出了结论：世界在朝坏的方向发展。

或许圣人是在对这样的渐变进行回应：劳动力越来越脱离来自封建效忠的神圣亲密关系，脱离与朝廷生活具体的、人情的联系。随着人口的增长，工头和工人、领主和臣民的关系丧失了亲密感。他们之间的联系越来越抽象、越来越具有压迫性，开始以税收和劳役的形式呈现。

讽刺的是，这种古老"新教伦理"的破落让2500多年前的孔夫子日益怀念过去，但他不知道这种破落在他的时代只是刚刚开始，在未来的许多年里还会愈演愈烈。生产最终会完全脱离宫廷和家庭。或许孔夫子会带着鄙夷的眼神看现在这个世界——我们与生产的关系，无论农业还是工业，都比以往更加没有人情味。我们完全不知道是谁在为我们辛勤劳作，我们的劳作更加抽象，也没有精神价值。如果我们还有忠诚的话，它也比以往更加反复无常。对预兆的尊崇早已消退，事物的意义被淡化了。

新世界是建立在许多旧世界之上的，仍然充满古代的奴役和迷信。但其趋势是，一个充满孤独的非个性化世界，被全球化的工业生产联系在一起。孔子所赞颂的道德复杂而微妙，它的衰落可能只是生产力提高的一个结果。现代人类是他们自己小而舒适的领域的主人，在这些领域，饥饿、不公、奴役几乎不可想象。

孔夫子在崛起的中国或世界其他地方能遇到的新人类，与他赞美有加的周朝古代封国中的士大夫全然不同。现代人或许缺乏崇高的道德素养，但活得更长、吃得更好、拥有的更多，也不太可能被卷入致命的战斗中。更重要的是，我们数量巨大，不似古代的贵族和贵妇那般稀有。

大规模工业化使我们的社会和古代社会相去甚远。不到两百年的时间，现代世界已经在物质、人口、文化、精神等方面与前工业时代有了巨大差异。在中国，工业的急速发展出现得更晚，但其速度前无古人。

中国有不计其数的产品流入全世界的寻常家庭和办公场所——电子器件、电器、工具、服装、家具；而有一种极为重要的工业产品，我们还没有把它和中国联系起来：汽车。个人汽车可以说是最具经济意义的工业产品了。对消费者而言，汽车是一种变革性的工具。在很多方面，拥有汽车是步入中产阶级的标志。

汽车对生产者来说也很重要。不管设在哪里，汽车制造厂都会像一个小王国。它们能给成千上万人提供就业机会，对当地经济的稳定和兴旺有巨大的影响。它们也需要大量资源、发达的交通设施和复杂的知识产权。即便在市场经济条件下，汽车工业也通常与政府和政治体制有深层次的联系。

在北京，我请一位久居中国的世交帮我联系华中地区的汽车制造厂。通过熟人，他安排我参观其中两家：合肥的江淮汽车和芜湖的奇瑞汽车。薇又帮我们找了另一家可以参观的企业——位于上海的崭新时髦的通用汽车制造厂——促成了这段一石三鸟的旅程。

江淮汽车拖拉机制造厂位于安徽省省会合肥。薇和我从南京乘长途公交到达此地。随着我们离开长江入海口进入内地，乡村也越来越贫穷。整个区域看起来都在遭受水土流失的影响。在过去，安徽的困苦就远近闻名。即便是现在，裸露在风中的平原、崎岖不平的道路、破败的砖土房都能让人想起以前更加艰难的时光。

去往合肥的路途漫长而缓慢。窗外的景色越来越有工业的味道，但那些工厂和仓库有些已经奄奄一息，而更多的则早已废弃。眼前一派萧条，看似一个被荒凉逐渐吞没的世界。

然后，越来越多的高层住宅楼杂乱地立在高速路旁，高速路慢慢变成了大街。终于，城市出现了，但同样破旧，而且还落满了尘土。楼是老旧的红砖楼，商店列在道路两旁，但没有明亮的灯光也没有华丽的窗户。大金属门朝街道开着，货物就散在外面：工具、管子、袋装水泥、橡胶器具、塑料制品。城市的居民穿着老式的重帆布衣或粗制的合成纤维衣服，看上去一副饱经风霜的样子。

但随着我们的前进，路面越来越干净平滑，公园和树木开始出现，砖换成了混凝土、钢和铝合金。在我们头上，天际线所画出的轮廓越来越像一座宽广的现代城市。安徽省正在发展变化。

我们的联络人，公司一名忠诚的员工，要在长途车站外与我们见面。我祈祷着他能晚点来，或者我们能早点到，这样我们就能散散步，吃点东西喝口茶。但一下车，我就看见他热情地在一辆公司的面包车边上等我们。徐先生是一名初级公关主管，四十出头，身材中等，穿着深色长裤和高尔夫球衫。我们例行公事地交换了名片。他含混不清地表达了要招待我们并提供住宿的意思，但薇礼貌地催他进入正题。

"先生，我们很感激，但不想浪费您宝贵的时间。我们想参观您公司的工厂。"她彬彬有礼地告诉他。她知道如果想参观生产流程，那现在就得去，到了下午，生产活动就逐渐停止了。而且据她估计，让我们的东道主开车带我们去酒店或餐厅会很尴尬，因为他没有预算来付这部分账单。

徐先生请我们上了面包车。在车上我们又看见另一个人：司机兼助理，他给了我们冰镇的瓶装水和茶饮料。

车上洋溢着欢乐的气氛。他们喜欢自己的工作，为公司感到自豪。接待好奇的外国人似乎令他们很高兴。我们开着轻松的玩笑，聊了公司的基本情况。我得知江淮汽车不是最近成立的企业，它的工厂在毛泽东时代就已经开始生产拖拉机和卡车。但在过去的十年里，公司经历了转型。它仍然在生产拖拉机和卡车，但大幅升级了车型。它还把一部分劳动力放到了组装汽车的新工厂。这种发展对一家制造服务车的企业来说，是自然的一步。江淮汽车生产的是工具，即用来完成工作的车辆：包括拖拉机、大卡车、小卡车和现在的面包车。

我们离开市中心，来到一片满是新建筑的仍在扩张的区域。我们沿着一条十车道的大街行驶，它才刚刚建好，上面还残存着一些沙土和碎石，路边缘也没得到修整，还是粗糙光秃的。路的两旁是大型商场和高层住宅小区。一切都在临近完工和刚投入运营的阶段，过道尽头还能远远望见吊车。

大约十分钟过后，我们右转上了另一条宽阔的大街。这条街更旧、更安静，两旁是科技企业和政府办公楼。路的左边，用栅栏和围墙划分出了一片大型工业区的边缘。围墙后面是一片巨大的综合设施，像机场或是其他什么基地。远处能看到不少巨型建筑。我们沿着这片区域外围开了五分钟，然后沿着栅栏左转向南，到了一条粗糙不平、尚未完工的大道上。我们又左转了一次，进入了这片区域的大门。四周都是色彩鲜明的巨型厂棚，这便是江淮汽车的新工厂。

我们被带到了一扇不起眼的门前。进入的时候，徐先生告诉我们，制造过程不允许拍摄。我们进入的是一个巨大而空旷的车间，数条通道两旁高高地堆着塑型后的金属板，身着制服的工人在操作大型冲压设备。他们把金属片放在钳口里，然后去操作台关闭冲压机。他们穿着宝蓝色的连身服，头戴安全帽，大多是20来岁的年轻人，有些留着长头发。看到我们在看他们，他们觉得很有趣。当冲压后的铝材和钢材堆到一定高度，叉车就会把它们运到另一个车间。

我们离开此处，开车前往另一栋建筑——面包车装配线。我们没有从生产线本身开始参观，而是先去了装配线起点附近的一条支线。我们进入了一座体育馆大小的大厅，高大的窗户透着午后的太阳，让房间里洒满温暖的阳光。房间里装满了厚实的金属部件，整齐地分堆放着，所有部件最后都会从这个房间边缘的一个区域进入装配线。阳光给这间屋子带来了特别的感觉。这里的工人也是20来岁，男女都有。他们的工作似乎是把所有堆起来的部件都放到装配线上。

这一轮岗似乎就要结束了。房间里的十多个年轻工人中，只有三四个看起来在做着事。虽然他们确实在分拣和摆放部件，但并没有投入全力，一直在跟干活的人相互打趣、调笑。他们看上去都是健康、快乐的年轻人。有些男工人放浪形骸，工作服从领口到肚子都敞着。

经过仔细打探，薇得知这些工人月工资1600元，约合230美元。在我们看来并不多，但在当时的安徽省也相当可观了。

生产线在一间灯火通明的长屋子里，但比第一间更紧凑，因为装配基本上都是在一条设计精细的路径下完成的。上面悬挂着车的骨架，技师正在一点一点地把车组装起来。车沿着一系列操作台前进，每个操作台都有一组工人。在某个操作台上，两个男工人把某个部件焊接在车体上；在另一个操作台上，一组工人正在麻利地用压缩钳固定小部件。

沿着操作台走的时候，我们用微笑和点头向工人致意。一些人一直没有抬头，但多数都很友善。这些工人看起来喜欢自己的工作，也为此感到骄傲。他们之间似乎也有同伴之谊，在工作时，他们会跟周围的人开玩笑，还会互相帮助。在其他一些操作台，我们见到了专门的运输系统：有用来抛起部件，把它们从空中运到待装配车辆的线路；有贴着地面行进的气动滑车和板车；甚至还有自动将发动机运向车体，并精准地将它送进发动机舱的平台机器人。这些设备让新主人和参观者一起啧啧称奇。

在驻足惊叹时，我询问了汽车发动机的情况。它是在其他地方制造的，可能是提前在别的地方组装好的——或者是整体从其他公司购买的。这种发动机是在韩国的技术许可下由中国制造的。我们的东道主也承认，很多更为精密的仪器和设备的产地是日本、韩国、德国，而不是中国。但他说，随着时间的推移，其比例会慢慢下降。

汽车外壳逐渐被组装完成，面包车展现出自己的样貌。现在的工序是给车体安装玻璃和内饰，然后喷漆，再装上胶轮以滑下生产线。车的定价在5000到1万美元之间，考虑到这种面包车通常要干重活，这个价格很有竞争力；但它也超过了这些工人的支付能力，他们的年收入只是车价的一小部分。

这个产品刚上市不久，所以还没怎么经过考验，但江淮的决策者和消费者都愿意相信，这样一家生产过能负重又耐用的服务车、拖拉机、卡车的企业，也很有可能推出一款可靠耐用的面包车。这款车很可能动力不足，也并不特别舒适，尤其是在它的悬挂被过度使用和被颠簸路况磨损之后。但它能够经受长时间的连续使用，能装很多乘客和货物，使用和修理也会比较方便、便宜。

这种车的问世正赶上中国消费阶层迅速扩展的时期。但有些东西告诉我，江淮面包车的买主近期还不能驾驶这种车将自己的孩子、宠物、衣服、杂物运到郊外的别墅过周末。现在，江淮的目标还非常低调。

离开工厂时，我们发现另一班岗结束了。工人们穿着相同的彩色制服，聚集在接送点等小巴。我得知，这些年轻工人中有许多都住在厂区内的住房里。他们之间流露出一种玩闹的气氛，仿佛刚经历完一次夏令营，虽然管理十分严格，但远不如在村子里跟家人过得压抑。在这里，他们有一项目标明确的工作，需要他们以无可挑剔的精确操作来完成，但在工作结束等待班车或回到宿舍过夜时，他们能够无忧无虑。他们能够纵情欢笑、互相调戏；而在村子里，他们肩上背负的任务和忧虑却是无穷无尽的。

　　我们的游览结束了，公司派来一名司机，可以把我们送到合肥的任何地点。我们从网上选了一家价格十分便宜的新酒店，它位于城市的新区，其位置对我们的司机来说是个谜。我们开出厂门，朝着一个与来时不同的方向驶去。

　　合肥真是让人惊讶。从老南京路进入城区，它看上去是个尘沙遍地的后工业时代的废墟，是中国的底特律（Detroit）。然后它又摇身一变，成了玻璃大楼林立的商业区。而在去往厂区的路上，它变成了巨大的居住－购物复合体。现在，我们离开工厂所在的工业区后，又被列在道路两旁的公寓楼和在建的商场包围了。但在这些楼的后面，我看到的只有空旷。几公里后，我们到了一个像是新市中心的地方，到处都是极具现代感的建筑，装饰着时髦的户外照明。但它也是核心，让情况更糟糕的是，晚高峰的交通让这个大十字路口不堪重负。这个下午，城市也被灰色的雾笼罩着，让这些楼后面的空地看上去充满了神秘莫测的气息。

我们转向另一条主干道，在过了数个街区和几次搜索后，找到了酒店所在的街道。酒店竖立在一簇新建的多层纺织厂大楼之中。这又是新中国的典型做法：慷慨，一切都留有富余，商场上面建办公楼。一组纺织厂房一次性建起，有些立刻投入使用，有些会空置一段时间。在建造厂房的时候，规划者可能又决定加入一家酒店。

在中国，地方政府机构有时扮演着奇怪的实业家的角色。这和其他地方一样，政府控制着区域划分和土地使用，当政府让市场介入时，政府还继续保有广泛而模糊的优先权。政府能在很大程度上控制劳动力的采办，还能以各种新奇、任性的方式提取和重新分配资源和资本。似乎各级政府的规划者都相信，一个小型纺织产业对合肥的新区来说是必要的；而为了把产品推向市场，投资一家酒店来招待买主也是必要的。不过规划者也希望自由市场能够站稳脚跟。政府想要把大批愿意购买合肥制造的外国批发商引到里。又或者，当地政府期待着中国其他地方的企业买家和规划者能够光临。即便酒店是空的（就像薇和我到达时那样），它也可以不生产利润，而是留做他用。只要拥有它的机构愿意，它的运营就会继续。

酒店大堂富丽堂皇，天花板有7米半高。前台在大堂后方，巨型台桌上铺着大理石台面，桌后的墙上是巨幅壁画，一条龙在其中闪闪发光。这个地方到处都是服务员，热情洋溢的年轻人穿着鲜亮花哨的制服。我们的房间位于花园一侧的顶层。穿着华丽的门房小心翼翼地把我们几经磨损的背包搬进了房间。我的房间干净、简朴、宽敞，窗外正对着建筑中间的一片绿地。

薇和我在大堂集合，去找个有意思的地方吃点东西。我们走回市中心，在去往酒店的路上，我注意到一个看起来很高档的地方，位于一座精巧的独栋二层小楼里。在中国吃饭实在是太便宜了，再张扬的店面也不能让我产生半点犹豫。在西方，我通常反其道而行之，找那些最低调、最不干净、墙上有洞的餐馆——这样的餐馆中国也到处都有，花上100美元就能办一桌丰盛的酒宴招待一大帮朋友。

不过这一家有些不同。它并不夸张，装饰中带着柔和与质朴的感觉：门前设有漂亮的花园，屋顶轮廓线带着跃动感，优雅、光亮、粗糙的木门，流畅的室内格局分隔出私密空间。屋内虽然很亮，但照明的处理比一般场所更加谨慎。餐馆里有很多体面的食客，他们没怎么见过外国人来这儿。我们坐在了前窗附近，能看到外面的小花园和它后面的停车场。

薇和我好奇地研究着菜单。我总想尝试新菜，虽然我也有自己的底线：菜里不能有毛、羽毛、血管、生血、肠胃道；除了蚂蚁和蚂蚱不能有带腿的昆虫；不能有吃淤泥的淡水鱼。

看菜单的时候，薇突然发出女孩子特有的尖叫："哦！臭豆腐！"

看到臭的东西能引起这样的情绪，我坚持点了这道菜。她警告我，这东西就像味道浓重的老奶酪，很多人都觉得味道太重。这道菜端上来的时候，我发现它的味道和质感都完全不像奶酪：它形如百洁布的海绵状，味道焦苦，还带一点金属味，它短期不会获得我的好感了。

我也有自己的心头爱。此刻，我想吃：火爆腰花、口水鸡、蒜蓉四季豆。当我让薇问和蔼年轻的女服务员是不是有这些菜时，服务员给我们推荐了一些相似的菜，告诉我们这些更美味。

"你老吃那些让我们上火的菜。"薇埋怨道。

"是啊，我要把自己越烧越旺。"我开玩笑道。

她提醒我："火太大了你会受不了，身心都会失衡。"然后解释说，我们需要定期吃些温和的食物来恢复、缓和、重塑。吃也讲究平衡。

中国人相信阴和阳的力量存在于包括人类自身在内的一切事物中。自然界、身体和心灵都可能出现失衡，这是不幸和病痛的来源。因此，人要一直尝试在行为和环境中控制这些力量。这些经验很有指导意义，而跟食物有关的领域是这些信息最风行的地方。食物有很多意义，也能带来好的寓意，这取决于人如何烹饪和享用它们。它们是身体和灵魂的药。

在做菜时，阴阳的配比会发生各种各样的变化。或许理解这两种基本力量的最简单方法，是根据它们在感官上的区别：阳是雄性的元素，存在于味道强烈的、辛辣的食物里；阴是雌性的元素，存在于柔软、温和的食物里，也存在于苦和冷的食物里。阳给予，阴接纳。

"我们要是一直吃这些辣的，我就要烧坏了。"薇抱怨道。

"我一直想上火，除非生病了。"我告诉她。

"听起来是竭泽而渔啊。"她说。

"可能吧。很长时间以来，我一直认为身体里面需要一团巨大的火，直到一切全都燃尽，所有的热情都熄灭。"

"你信这个？"她担忧地问。

"可能不再信了吧。可能那团火会把我整个生命都烧掉，那我就永远不能平和了。"

"那你就效仿中国人的做法。平衡你的热情，你就能终生享有它们。"

"薇媛，你说得对，但是别以为这样我就不点泡椒五花肉了。"

第二天早晨，我们上了开往芜湖的长途车。该市坐落于长江边的平原。在它的下游和东部便是中国中部的核心地区：南京、苏州、杭州、上海。作为这个重要的贸易和制造业区域的一部分，芜湖也繁荣起来了。

长途车站所在的区域是新建的。我们的酒店位于车站附近繁华的商业开发区里，它自诩为一家设施现代、价格极其便宜的商务酒店。房间虽然狭小，但是干净且布置得当。中国很多酒店客房里的小日常用品——浴帽、牙刷、避孕套——都是收费的，上面贴着价签。这家酒店在这方面走得更远，还卖各种香水、不同种类的避孕套甚至情趣内衣。显然，这家酒店能进行各种商务活动。

　　薇给奇瑞汽车的联系人打了电话，安排午饭过后在酒店见面。酒店没有餐厅，但是它与一家有美食广场的小型商场相连。中国的新型美食广场运行得很有效率：顾客先在付款台办卡充钱，然后在提供不同菜品的柜台逛一圈，看看上面陈列的样品。只用很少的钱，顾客就能很快选出一大堆菜肴。每一个柜台都有自己的特色：有的卖热菜、有的卖冷盘；食品种类也不同——比如烤肉或者面条。有些专营地区特色食品：比如有个柜台专卖西南菜，另一个专卖点心。中国北部某个美食广场的付款台令我印象极为深刻：一个彩色大招牌上印着一头海报大小、神态和蔼的驴，带着咧嘴露齿的笑容。炖驴肉还挺多汁，不过有些塞牙。

　　享用过午饭，我们前去见奇瑞汽车的联系人。合肥的江淮汽车最近才把业务从重型卡车拓展到小汽车上，奇瑞则不一样，它有成熟的汽车生产线。它也是少有的几家拥有全国知名轿车品牌的企业，品牌的发音像英语的"樱桃（cherry）"。这种不同的拼写透射出一种联想：熟悉和陌生的结合。丰田和起亚原来在我们看来也是陌生的品牌，与它们一样，奇瑞的产品也是来争夺市场的。在最近几年，奇瑞一直在推出模仿日本、韩国、欧洲、美国汽车的产品。奇瑞生产的机器也越来越契合我们的检测和筛选标准，还装备上了吸引普通消费者的灯饰和装备。奇瑞汽车的零售价，以现在的汇率算，远低于北美市场上最便宜的汽车。奇瑞的决策者也意识到了，制造汽车不只是批量制造产品，产品不只是一个物件，更是一种生活方式。奇瑞想成为中国新生活方式的一部分。

和在江淮一样，我们在奇瑞的联系人也是一名初级公关经理。他独自一人，开着一辆奇瑞车，而我们是他的座上客。比起让同事载着到处跑，这样的他看上去更有权势。一个人、一辆车，营造出一幅描绘个人自由的画面。对北美人而言，这画面似乎比严格的等级制度更加震撼，更有说服力。

奇瑞的工业园区位于城市边缘，在一片稻田里。这些稻田已经被勤劳的劳动者耕种过数千年，奇瑞的员工很可能是他们的后代。园区还相当新，我们穿过一道长长的铁丝网，到达了一片巨大的停车场，那里停满了一排排新车，还半罩着塑料包装。我能看到好几个巨大的白色厂棚，那肯定是生产车辆的地方。

我们的东道主吴先生跟我们说笑着，他的身上隐隐散发着自信的感觉。他有点不清楚我们的来路，但能知道我们显然不是什么企业的大角色。不过，直觉还是让他在回答问题时只给出有所保留的坦白答案。而薇和我也试着改变提问的方式，让它们不那么难以回答，以免给我们的主人造成难堪。虽然需要一定的耐心，但这种软手段通常会让他感激我们的礼貌，而回报以热烈的坦诚。他把我们当成知识分子，跟我们分享了他几乎得不到满足的愿望——想过更贴近知识的生活。不过他也承认，在公司里往上爬也能给他带来满足感，虽然更多是物质上的。

我们在奇瑞装配线看到很多和江淮一样的东西，不过也有些明显的差异。在每一个生产线，都有一名熟悉车辆和装配的专业工程师陪同我们，我们的技术问题会得到坦率而细致的回答。奇瑞比江淮更熟悉企业公关，我们这样的参观很稀松平常。这里的工人更为文雅，完全不注意我们。

我们参观了一间高居于一条过道之上的制造间，是装配发动机的地方——是我们在合肥没有见到的。铸造和焊接过程在大红盒子里面秘密进行着。发动机加工是个极为精密的任务，人类不能胜任，所以是全自动的。这些制造发动机的大机器不是中国生产的，而是从日本和德国购进的。奇瑞的发动机要在细节和自动化上都能和发达国家相媲美，但生产复杂的汽车发动机需要"元机器"，而制造"元机器"所需要的精密技术还是中国人尚不具备的。这个专项能力目前还在他们力所能及的范围之外——他们似乎也接受了这样的现实。

奇瑞的一切都比江淮更有组织：我们要与生产线保持着一定的距离，而且有专业人员讲解；装配线的设置更加清晰、缜密；

汽车部件没有被随意堆在车间里；工人在等待任务或前往岗位时没有玩闹；整个过程中都很少出现过分和松散的情况；生产的各个分支汇聚到一起，形成了一个向前运动的整体。

我们没有参观冲压车体的操作。薇解释说，我们在江淮参观过了这部分流程。而奇瑞的东道主也表示，这个过程非常无聊也没什么好看的，就像制造发动机的过程一样，基本都是由大机器完成的。

奇瑞生产从经济型到中型的各种轿车。它们的发动机都比较小；金属比例低、塑料比例高。它们功能齐全、价格便宜。奇瑞汽车在很多方面都可以与很多西方人买的第一辆入门车相媲美，这也正是奇瑞想提供的第一辆车的体验。

正如前一天晚上我们在合肥的餐馆见过的那样，有越来越多的消费者会像拥有电视机、电饭煲、空调那样拥有小汽车。各种道路和高速公路上都能见到这种消费者。每年至少有1000万中国人步入中产阶级行列。但当我们谈到中国的中产阶级时，我们指的是什么人？我想应该是那些买车、买公寓、经常出入大餐馆的人；是那些能有所选择的人——做什么、穿什么、吃什么、买什么，跟谁结婚，成为什么样的人。

在他们之下的，是那些没什么选择也几乎没有机动性的人。他们受制于环境，他们接受所有能做的工作，通常还只能赚到很少的钱。他们只能买得起最便宜的东西，而且也买不了多少。中国应该有大几亿这样的人，但他们的数量正在减少。

而对中产阶级之上的人来说，他们对选择的概念也是模糊的，这是因为他们拥有的机会太多，而且财富管理本身也会带来五花八门的期待和责任。这种人必然数量稀少，但也在增多。

当然，针对中产阶级的产品是能挣大钱的。卖东西给上亿人远比卖奢侈品给一小撮人要好。因此奇瑞将目标锁定在所谓的中产阶级身上，它的品牌见证着那些收入颇丰的雇员不大不小但又实实在在的成功。它的车是刚起步的人沉默的骄傲，而不是已经立足的人兴高采烈的炫耀。

国外的品牌追逐中国人也有好几十年了。随便找个新中国的商场走一圈，就会发现自己置身于各种国外时尚品牌之下。虽然我经常怀疑，除了最大的几个城市，奢侈品服装店可能利润微薄，但这些店铺代表的是地位，目的是提升商场的形象。更多的中国人喜欢在这些店附近逛，但不会真的去买店里那些昂贵的商品。

中国大部分工业的定位并不是国内市场，而是出口市场。当然，汽车是另一回事，它们的目标是国内，出口市场在最初甚至都不在考虑范围内。但越来越多中国制造的车辆开始被卖向各个发展中国家。

如果自由的全球市场真正存在的话，世界上很大一部分汽车可能很快就都是中国制造的了。但汽车制造业离自由市场还很遥远，仍然是发达经济体独占的圣物。汽车制造厂对政府的就业计划至关重要，因此几乎不会受到残酷的自由贸易机制的影响。虽然类似的产品——比如一般拖拉机或农用机械设备，西方零售商都可以从中国进口并贴上各种商标进行售卖，但中国的汽车几乎无法进入西方市场。然而西方的汽车制造商却被吸引到中国，希望在广大的中国市场中销售自己的品牌。

在薇的努力下，我们可以对上海的通用汽车制造厂进行私人参观。一个巨大而先进的生产设施，是一个帝国的一部分。中国市场销售额现在占通用全球总销售额的三分之一。

为了到达工厂，薇和我乘了很长一段时间的出租车，穿过了蔓延的新工业区，远离城市历史上的中心。通用的厂区位于海岸边通往新机场的路上，是一个庞大而高效的组织。我们要和联系人在一个华丽的前厅见面，它的玻璃外观和中庭，看上去像个销售店，不过里面只有一辆闪闪发光的样车，一辆别克。我们的联系人是位30来岁的高个女士，她带着公事公办的态度，冷淡的礼貌正是意料之中的。通用在中国的一切都和公共关系密不可分，它在这里卖的不仅是车，还是品牌，也是高效的工业生产方式。

上海的通用汽车制造设施非常先进，高科技随处可见。我们从过道沿着装配线走，看到了一个组织得严丝合缝的流程。装配的多个支线在一开始就得到了精确计算。同一辆汽车中，最小的配件和其他所有组成部分同步生产，沿着生产线运送的各个部分恰好在恰当的时刻合并。不会有多余的产品，也没有被浪费的时间。正确的部件正好在正确的时间得到生产。

我们得知，车辆的绝大多数部件都是在此处生产的，包括车体、框架、发动机、仪表等。我们简要地浏览了之前的生产步骤，但也没什么可看的。这些部件都是在封闭自动的回路里制造的，它们来源于巨大厂区的各个地方，被运送到装配线所在的大车间里；多个回路汇聚到一条线上，汽车就在此处慢慢成形。送到装配线上的组件不同，同一条生产线能够制造稍有差异的多种车型。

我们和工人没有接触，他们比前两个工厂的工人岁数都大，不是我们在合肥看到的快乐的年轻人，而是40岁左右的沉稳中年人。他们以一丝不苟的态度严肃对待自己的工作，当然挣得也比较多——这家通用工厂位于上海，因此能够雇用有熟练技术的成熟劳动力，但也必须支付比其他工厂多得多的工资。

沿生产线，工人被分成小组，每一组都负责生产的特定环节。对小组工作的衡量是由信号灯表示的：绿灯表示该小组已经或提前完成了任务；黄灯表示该小姐在装配过程中落后了；红灯意味着该小组给生产拖了后腿，造成了下游进程的停滞。一个女声会通过公共广播鼓励一直亮绿灯的小组，批评造成迟滞的小组。

这个工厂所制造的车辆属于通用家族旗下的品牌——雪佛兰和别克，但这些车型只是中国才有的。大众和通用在中国的工厂拥有很多专利技术，它们建立了专属于中国的公司实体，从美国通

5

用或德国大众购买了昂贵的特许权，并按照严格的生产标准运作。

靠着与通用和其他伙伴的合作，中国的国内产能有了巨大的飞跃。在这些工厂里，工人们逐渐熟悉最先进的劳动组织形式，工程师见识了高效是如何实现的，复杂的工业模型和知识产权被吸纳进中国的土壤里。

实际上，中国在这样的联盟里变得越来越强大。外国的跨国公司在中国大规模运营和获利是中国乐于见到的。一旦中国以协调一致的方式将其联合起来，这个全球化的工业网络就能被当成一个强有力的工具，以使华盛顿、伦敦、巴黎做出战略让步，乃至屈服。

参观完通用后，薇去了市区，艾伦过来接我，他先带我游览了上海，又协助我买了一匹生丝来替换家里的窗帘。他带我来到了丝绸市场。

他坦承说："已经没什么人把丝绸看得很重了，女士只有在特殊场合才穿，而且次数还越来越少。这个产业还在，但它肯定收缩得很快。"

丝绸市场在城郊，离通用汽车工厂不远，在一栋没什么特色的多层建筑里，和我在中国见到的很多集市一样。大多数店铺展示丝织品的样品以吸引批发订单。但我想要的是制造这些东西的原始产品，手里还拿着想换下的破旧丝帘的小样。打听了哪能买到一匹丝绸以后，艾伦和我被指到了市场的室内装饰区。我们选了一家展示品极为丰富的店，一名售货员招呼了我们，他显然很熟悉自己的货。查看了我手里的织物后，他拿出了好几大本样品。很显然，我的织物比他展示给我的所有东西质量都好，它呈现出银色的光泽，更加自然的丝线纹理让它更加轻薄。

店员也承认了失败：他手头没有这么高质量的丝绸。但他还不愿意放弃，保证要找一个可以满足我需求的供应商。我解释说，我只是路过，一时半会儿不会再回来，但我还是拿了他的名片。艾伦想要帮忙，但我不想因这种私事给他添麻烦，就谢绝了。

谈到了家装这个话题，艾伦提出要给我看一栋他打算买的房子，就在附近的街区。在路上的时候，他给我解释了自己工作的性质。他的公司向西方分销商出售工业设备，具体来说，他专营从不同的供应商那里获取的拉线设备。

"我的公司成功地给一家美国公司提供了这种设备，不过它也能组织其他专项市场产品的生产。最近，我们开始给外国批发商提供水池维护设备。"他告诉我。

"外国公司不能直接找中国制造商谈吗？"我问。

"可以，但我们主要经销新产品。我的客户会拿原型过来，我让中国制造商给他们制造。我敢肯定，就算他们能够找到合适的生产设备，他们也不能协商单位成本，而我们可以帮他们做到。"

艾伦解释了一些重要的事："中国的制造业里有不为人知的

一面，尤其是在这附近。很多制造商认为，生产是个苦差事。所以，生产和销售不是他们主要的收入来源，房地产开发才是。有些甚至亏本卖产品。在过去的几年，他们越来越不关心卖产品这件事，他们关心的是出售增值的土地。"

"我不明白。他们制造产品，又不关心能从卖产品上获得多少收入？"我难以置信地问道。

"有些确实如此。它的原理是这样的：一家工业企业会去找政府，要求以优惠价格得到一片土地来建新工厂。政府通常都乐于把一些农业用地重新划为工业用途，所以就会转交土地。然后这个公司就会建厂，并运营一小段时间，记录一些销售情况，然后再去找政府，以需要建造更大的新设施为由，以求重新分配到更多的土地。原来的工厂用地就能被开发成商业区或者住宅区，以巨大的利润出售。然后一直这样重复。"

"这能持续多长时间？"

"你会吓一跳的。不过没错，房地产总归是有限制的，毕竟地是有限的。"

"这个泡沫会破吗？"我大声地质疑。

"我是乐观主义者。它可能会破，而且可能即将要破。投机和投资的人会亏本，我们可能会看到经济放缓和失业率上升。但已经没有办法回到老路上去了，不管发生什么，中国都会前进。不过，可能没有原来那么快。"

第八章

[南下]

善行无辙迹。

——老子，公元前5世纪

　　阴影中一扇大门立在我们眼前。苏，广东人，年轻的跑口记者，她带我们穿过地下城的迷宫，来到了一个提供特殊服务的地方的入口。

　　幽暗的楼梯向上延伸。这是一座四层的水泥砖楼，正面比其他面窄。它的指示牌只是安有两个黑字的红灯面板。红灯在中国很常见，也不一定与肉体有联系。这个指示牌孤零零地立在小巷里，上面写着"按摩"。

　　按摩房在中国有不少——无处不在但不起眼。这个国家经历了大规模的人口迁移，人们也刚有了一定的可支配收入。人们为了利益聚在一起，他们的欲望自然会有人来满足。有吃喝玩乐的地方，也就有因为爱，或者说欲而存在的地方。有那么多人背井离乡，使得亲密接触以及满足和释放，变成了珍贵而可以交易的东西。

我们身处广州，在一个居住区深处，其人口的稠密与我见过的其他地方无二。这是一个由混凝土砖公寓楼构成的巨大而散乱的迷宫。这些楼并不太高，只有六七层，但它们紧密地相拥着，中间只留着窄得不能再窄的过道。

老摩洛哥（Morocco）的旧城又大又挤，满是奇怪的过道和异样的风景。耶路撒冷（Jerusalem）的旧城是一团让人头疼的乱麻。印度、非洲、南美洲的棚户区让人窒息。甚至欧洲也有被墙封闭的区域，让旧城不显脏乱，但给人造成了一种压迫感。不过城市人口密度在这个口袋大的地方完全是另一回事，它在弥足珍贵的小片土地上垂直增长。钢筋混凝土用绝无仅有的方式把人们的生活分隔开来。市政设施——自来水、下水道、电力——不管多么粗糙，都能给这个聚落中的生命带来些许和谐。监督者也在进行必要的干预，他们会从中获利，但如果灾难出现，人们发现自己身陷粪土和疾病中时，他们也会遭到责备。

不过这里还是给人棚户区的感觉，因为土地稀缺，成千上万的人紧紧挤在一起。这里无疑充满着活力，仿佛任何事都可能发生，一切都可能被发现。

广州，原来被西方人称作"Canton"，位于珠江畔。几个世纪以来，中国南部的海岸都是人口迁移的集散地。岛屿、海湾、有防卫的河口面向温暖海域中怡人的洋流……种种因素让这片海岸长久以来都是人和物进出中国的通道。18世纪晚期，广州是一个庞大的贸易网络中心，联结着东南亚和更远的地方。通过这个网络，粤语以及广东文化和食物构成了世界对中国的认识。广州也成了中国劳工走向世界的中转站，大批人群聚集在此处，等待着漫长的海上旅途将他们送到异国他乡，送到美国西部修建铁路。人口贸易也导致了中国城的出现。它们让人想起异域的精神、诡异的味道、奇妙和不适的感觉——虽然现在它们更像成见而不是事实。

今晚我又回到了中国城。当我们走进迷宫找到这家按摩房，成见活了起来，肉体交易千真万确地存在。

苏解释说这片区域还比较新，但刚从乡下来的人会不停造访此地，让街道不堪重负，看起来完全不像新的。建筑的混凝土墙上有浓重的污渍，而这片区域也显然有人维护。垃圾有人扔，店面有人整理，街面有人清扫。但是老天爷保佑千万别地震，这里的人类活动太过密集，从不间断。现在已经是夜晚，这里的主干道上充满了噪音和光亮，空气温暖，带着浓重的味道。

不时会有人对步行穿过此地的白人和两个年轻女士侧目，这也可以理解。外国人或许偶尔会在白天进入这里，而白人在夜里逛这条街可能也不是闻所未闻的事。但是，难道他不是由附近的人领着？难道他不是因为什么上不了台面的理由来的？

但是，跟我在一起的是北方人薇，还有苏。苏个头不高，肤色偏黑，留着十几岁的少年那种碎碎的刺猬头。她的衣服时髦、宽松，圆圆的脸上透露着平和快乐。她行动迅速、果断，步态中透着自信和决心，仿佛在说"我属于这儿"。薇原来跟我说过，苏来自沿海一个以混混闻名的地方。虽然她不是出身于这片区域，但也足够当地化了。

苏带我们顺利穿行于这些街区，让我们可以在一定程度上了解这里，不过也只是一点点。薇的动作谨慎，看起来显然是外人。她就在我身边，我们是观察者不是参与者，这不是很明显吗？那些没有参与其中的陌生人和那些没有消费也没留下什么的过客，是多么可疑啊。我让她们快点走，装得像是去赴约，像是要参与什么，消费什么一样。

我们打算走上楼梯进屋，苏会去跟经理交涉——运气好的话，应该会是一名女性。我们带了钱，想要找按摩师。一旦在场的人只剩我们自己，我们就开始提问。

中国城的故事有时带有肉体色彩，这是中国这个人体工厂世代运转的结果。人口的激增会不时造成人口危机和大规模移民。在当地，这些迁移一直是中国两千多年历史的一部分。但一直到地理大发现、海上贸易和南部沿海港口兴起的时代，中国的移民才成为一种全球现象。

华工在日益增长的海洋贸易中是很有吸引力的。对新的工业化经济体来说，奴隶或征召劳工在19世纪变得越来越不可行。帝国的建设者需要一个替代方案，中国劳动力可以被迅速而廉价地投入到诸如铁路建造和运河开挖的大型建设项目中。与奴隶不同，中国的苦力不需要什么暴力就能获得，给他们提供食宿的责任也只是短期的。建设者能够大批量购买劳动力，以在合同期限内使用。另外，这些劳动力通常还自带由中国工头、出纳、厨师构成的支持系统，对西方企业家来说，这无疑是个一劳永逸的解决方案。

这些活动的身体需要吃饭洗澡，也同样需要照顾。因此，在厨师和搓澡工的基础之上，形成了一个由专业人员构成的群体：港口代理、医师和性服务者。这些元素交织在一起，构成了所有的中国城——不管是在旧金山、温哥华四通八达的街区，还是在边境一条条立着牌坊的巷子里。

有很多原因都让中国城在外人看来是古怪而异样的，在我看来，其中最大的隔阂是西方日益增长的清教思想和中国人的注重实际。在19世纪的中国，有钱有势的人通常都会三妻四妾，而且这种行为还很受推崇。女性的身体普遍被当成商品，用性来换取金钱和庇护是情理之中的。如果这样的交易能给她和她的家族带来长久的好处，甚至都能被当成一种光荣。父亲会这样把女儿卖掉——虽然并不是严格意义上的卖淫，但它确实隐含着这样一种意思：女儿的身体要为享乐和生育服务，而使用她身体的人也要付出回报。

　　站在楼梯前时，我自己的清教思想开始向我袭来。想到这里涉及的性，我突然感到不适，我为自己曾产生过针对一名年轻女性的性生活对她进行私密的采访这样的想法，而感到悲哀。让一个饱受打击的灵魂在她工作的场所接受审视，这种想法令我不寒而栗。我意识到我们的接触方式完全是错的。

　　我想象着，一个羞怯的年轻姑娘坐在床上为自己辩白，就像跟她父母坦白自己不检点的行为一样。这对我来说，太冷酷、太不堪了。我想象不出导致她来这里工作的，能是什么幸福的事。

　　这个按摩房也不是个私密场所。她年轻的同事遍布于大厅之外的各个屋子，她的雇主也在来回走动，肯定会知道她吐露的内容，更别提还有熟客。这些女孩知道各种各样应该保密的事。在性工作者的工作场所采访她们的想法是错误的。我现在感到羞愧难当，想要离开。

　　"够了。"我说。

　　"什么？"薇挠着头说着，"我们不进去了？"

　　"我们的计划不好。"

　　"好吧，那我们至少上去看看，来都来了。"她说。

　　"不，我们回去。"我坚持道。

　　我站在红色的灯光里，坚称我已经知道了关于上面房间里的女孩的一切，我不需要真的上去。这里真正的教训是隐私，是人体工厂里的隐私，而不是沟通；是尊重，而不是暴露。

薇和苏不是很理解，但也没什么其他好说的了。我们原路返回，走到了异常安静的主干道上。在街的另一侧，有一家开着的商店。两个同行的伙伴告诉我，这是一家药茶店。其特色产品是一种苦味饮料，由多种原料煮制而成，有降火的功效。我挖苦地打趣道，我确实是需要降降火。

这种热饮被装在一个大铜罐子里，放在一张面向店门的桌子上，喝的时候要用纸杯接。除了苦之外，这种黑色的液体还有些土味和臭味。这饮料一点都不浪漫，而且就我一个人在喝。青岛的胖姐啊，需要你的时候你在哪里？

按摩房并不难找，但目光所及之处一个酒吧也没有。事实上，只供饮酒的消费场所都不怎么符合中国人的需求。便利店可能会卖瓶装酒，所有的饭馆除了食物也卖酒。顾客可能在用完餐后还会留在店里很久，喝着啤酒、烈酒。但是，这里找不到任何卖酒的地方。

在广州的这条主干道上，今晚供应的唯一饮料就是这种苦茶，既不能让人感觉麻木继而忘却，又不能给人壮胆或让人高兴。它的疗效是形而上的，对那些被自己的私欲束缚的人，和对那些因为目标和执着而身陷行动的人来说，这种药剂带来的是接受和反思，它让人从自我和自我的战斗中抽身。而它对我没什么明显的效果。

　　一辆出租车把我们带到了酒店——商业区中心的一座普普通通的塔楼。在路上的时候，我们制订了第二天的计划，又给了苏打车回家的钱。她在市里一家大报社工作，负责报道事故和犯罪。年轻记者的薪水并不高，所以临时给外国记者打打下手也是她乐于接受的任务。她要为我工作三整天，并在结束后获得报酬。

　　苏跟我们一起进了酒店，乘上了去房间的电梯。薇要去的楼层先到，她就先下电梯走了。苏跟着我多上了一层，走出电梯，到了我的房间。我开门的时候她就站在那儿，这让我很迷惑。

　　如果她是想要什么，比如今天的工钱，但她又没说，什么话也没说。是要看我安全到达房间吗？片刻停顿后，我微笑着说"明天见"，然后轻轻地关上了门。

　　在我脑海里，她还站在门的另一边，质问我："你说自己是旅行者？记者？见证者？"

　　翌晨，我们进入耀眼的阳光里。苏在人行道上等我们，没说什么话。她的意思是："我们要去干吗？"我的要求很简单：工厂，制造东西的地方。这里是中国最大的制造业中心之一，我要看看工业。

　　我们乘出租车穿过了几座桥，其中一座高高架在水面上，让我们能够看到很大一片地方。空气中灼人的白色雾霭模糊了细节，但我能看到珠江在广州成了一片宽阔的水湾。受保护的河岸可能曾经被潟湖、沼泽、水道所割裂，但现在岸上的每一寸土地都有了居住和开发的保障。

我们穿过几个工业园区，但要看的并不是这种制造业。这些庞大崭新的综合建筑群大门紧闭，对记者和外国人的来访不感兴趣。我们要去的是小工厂，准确地说是纺织厂。

出租车把我们放在了一片低层建筑区。这些建筑排列紧密但有序，不新也不旧，外面盖着廉价的金属板。底层是商店，上面的三四层似乎是厂房，但整片街区都处在诡异的沉寂中。街上没有繁忙的景象，开着的商店很少，上面的楼层似乎也是安静的。我们好像走偏了，苏很困惑。

就在这时，我又看见了一家门口有铜罐的商店。前一天晚上的药茶店显然是连锁的，在苏跟当地人打听工厂时，我把薇拽进这家店里，让她帮我再搞一杯神秘液体。这家店不提供任何食物。薇告诉我，它不仅卖门口罐子里这种又黑又苦的东西，还出售各种药草制剂。我让她给我点一杯别的。

她略带愠怒地告诉我："每种茶都有不同的功效，你应该说说为什么要喝这些茶。"

"那就来点缓解神经疲惫的吧？"

薇是开得起玩笑的人，她知道我这话不是认真说的，而且对药茶这个严肃的话题既没有轻率回答也没有自作聪明。我只是想打发时间，做点粗劣但有意义的实验。

"好，神经？"她一边浏览菜单中的介绍一边说。苏也来帮忙，她显然知道神经疲惫需要什么。她们帮我点了单，也给自己点了我前一天傍晚喝的那种茶。

我的茶是淡金色，有股草味。

苏告诉我："这里的工厂都搬走了，没人知道它们搬到哪儿了。"

这个解释在我看来没什么说服力，我猜应该是有什么自我审查机制在发挥作用。我也没管它。

"那去哪儿？"我问。

苏有想去的地方，但她并不清楚怎么才能去。她又回到街上，向陌生人打听更多的东西。

"事物变化很快，有时候让人摸不着头脑。"薇评论道，"这种地方的人来自四面八方，他们都很忙，也不太了解这个城市。就算他们了解，这些街区的变化也很快。"

"口音会造成麻烦吗？"

"在大城市，人们通常不会用家乡话跟陌生人说话。"

苏回来了。"我们得叫辆出租。"她说。

因此，我们穿过几个街区，走向一条更宽的大街。我思考着周围的房地产困境，这些空旷的大型建筑怎么还能得到维护？它们的所有者是谁？谁是人去楼空的受害者，谁付维护费？这里的地很贵，公共设施也不便宜。

或许它们并不真是空的，但是证据指向相反的结论。当我抬头窥探这些建筑的时候，几乎看不到灯光，这个区域显然是在以极低的效能运转着。我认为，这些地方可能是国有制或者大企业。这些建筑都是纺织厂，可能建于20世纪80年代，但最近关闭了，工人们在其他地方找到了工作。我认为是多种因素的共同作用造成了这个现象。多层生产效率不高，很容易达到产能上限。

我想象着这个区域全负荷运转、批量制造产品的样子：通风管道和空调的噪音不绝于耳，货运电梯厢体满载，运货卡车堵在街上，原料和产品装卸不停，空气中充满烟尘，每一层楼都有大量工人，在缝纫机旁辛劳不停，每到换班就会形成大批的"流民"。震撼、莽撞、棘手等场面，现在想来，难以置信。

在中国，实业家一直在加速生产。计划经济和市场经济都在追求更高的效率。传统工业（比如这种最近才在这里出现的纺织业）在广州已经不再有立足之地。

珠江的经济或许造就了血汗工厂，但现在它们已不多见。现在的工厂通风良好，由更轻便的材料建造，制造的也是价值更高的产品。电动叉车把载货板运往集装箱，人得到了更谨慎的对待，被转移到了效率更高的操作上和布局更合理的住地中。低端、大规模生产的制造业仍然存在，不过是在别的地方，比如内陆，比如在劳动力和地产价格更低的小城市，或者劳动力更加便宜、产业选择更加有限、风险更容易被忽略的东南亚。

很难说这里以后会发生什么，这个地区不可能就这样一直消沉下去。我猜，未来可能会有轻工业：这里可能会制造电脑配件或者某种包装材料。不过谁说得准呢？或许这个地区会被拆除，基础设施会得到改善，大型居民区会被建起，消费取代生产。或许吧。

我们的下一站是一片填海新地。我们穿过一片有沼泽的河滩，地上的草突然就多了起来，路面也变得凹凸不平，有些地方甚至是土路。好像我们要去的地方是农村，但并不然，我们是从后门进去的。周围的建筑越来越多，都是由粗水泥建造的，以两层楼为主。有些是小房子，另一些楼层较高，楼门也较大，商业感更强。到处都是人，开放的厂棚传出机器声，闪烁着焊枪的蓝光，能闻到烟、泥土和锯末的味道。这里没有血汗工厂，只有原始的工业。

我们让出租车继续往里开，司机告诉我们，前面有个市场。现在行车速度很慢，我们和卡车、板车、行人，甚至动物共同行进在一条崎岖而狭窄的路上。我们感觉步行应该会更快，所以付了账，然后下车。

狭窄的街道从主路延伸出去，每一条都充满生气。人们在制造金属制品、木制工具和家具，并把东西装进板条箱。有一家安静的商店里堆满了装着同样器械的盒子，或许是当地的一个投机商人以内部价购买了一批本地制造的空调，希望批量卖给零售商。

另一条街的主营业务是回收。一个场院里堆满了旧电视机，大批电脑键盘随意地摊在光秃秃的土地上，空气中弥漫着熔化塑料和烧灼金属的味道。院子里，台式机部件堆成了矮墙，前面有一组工人在进行拆卸。他们拧下风扇，收集电线，然后着手处理电路板，卸下电容和芯片。

另一个地方，木匠正在用木板拼装浴盆：绕着中央底板的木板被捆扎在一起——这对亚洲的新贵来说，是件奢侈品。要让这种澡盆保持好的工作状态，可是个讲究事，它能让人泡个奢侈的澡，不过，这并不符合一般中国工作狂的习惯。

"多少钱？"薇问。

工匠想了一会儿，告诉了薇他能接受的价钱，大概是40美元。他咧嘴笑着，想着肯定能跟我们这些精致的人做成一单生意。唉，可我们走了。

这里没有懒惰，也很少有浪费，它的新奇之处并不在于它的勤劳。除了产业和布局上的差异，这片地区可能与老广州非常相似。它的新奇之处在于，这种忙碌发生在无与伦比的经济繁荣时期，而且是全民动员。

在这片起伏的泥滩上，发生着上述种种小规模的生产活动，也存在有偿工作过剩的现象。即便是不识字的没牙老太太，都在干着拣选主板的工作。我敢肯定她的薪资微薄，或者她把时间贡献给经营打捞业务的家人，以换取食物和住所。但无论如何，她就在那里，在一个泥土地面的水泥车库里，长时间地劳作，在这个庞大的经济现象中做着无比微小的贡献。她的工作也会被转化成产品，她的付出会在进一步的消费中得到回报——她的辛劳很可能会通过空调，而不是木质浴盆，给她简朴的家带来收入。

苏、薇和我在这片区域漫步，终于来到了市场。它很大，几乎全被顶棚覆盖，但是没有围墙。顶子下的空间挤满了人和货物。这是个食品市场，摆着好几列水果、蔬菜。我对动物更感兴趣。脏油布围出来的一片空间里亮着灯，挂着几具尸体。屠夫们身沾血渍，剁着牛肉和猪肉，把大小肉块摆在展示桌上，旁边还有闪着油光的下水。

即便在这样炎热的天气里，市场似乎也不怎么提供冷藏设备。鱼堆在基本不带冰的桶或箱子里，黏糊糊地反着光。

中国城的神话告诉我们，中国人什么都吃：鸟、爬行动物、猴、狗、猫、昆虫——都是活着卖的。这在内地可能是真的，但这里并不然。这个地方虽然粗放而天然，但它并不是村子，也不卖野味。这个区域是广州中部的一片农民工聚居地。四面八方的人来到这里谋求生计——不管是多么微不足道，他们为出人头地或者至少站稳脚跟做着漫长的努力。

广州人喜欢精美和稀罕的食物，它们大多来自海里：鲍鱼、飞鱼子。有种住在高距海面的火山岩壁上的热带燕，它们的胶凝的唾液便是中国城菜单上著名的燕窝，我还没尝过。不过，我挺喜欢雪蛤的：在香港，它是奶昔状甜品的浇头。你永远不知道吃了它们会有什么后果，这种晶莹剔透的胶状物几乎没有味道，而且很快就会消失在饮品中。每每想到人们会这样漫不经心地吃两栖动物的卵巢，我就感到惊异。

不过这个粗糙的市场里很少有这样的美味，装着鸡、鸭、鹅和其他小鸟的笼子倒是有好几排。中国人无论贵贱，都爱吃家禽的肉。这些禽类自古以来就为中国农民提供着动物蛋白，也是整个中国（尤其是南方）菜肴的一个基本组成部分，它们很适合高密度地与人类共生。和更大的动物相比，禽类造成的污染更小，考虑到中国在饮用水上面临的巨大压力，这的确很重要。禽类只需要很少的土地便能饲养，也可以被养在稻田或水沟附近，它们还能消灭害虫。

中国的土地已经用尽，现在有数亿的居民生活在混凝土城市里。整个国家成了大型冷冻肉类进口商，从土地更为便宜的地方购入牛肉、猪肉和羊肉。中国也在迅速采纳工业化的肉类生产方法。现在，成千上万的鸡和猪从出生开始就被圈养在仓库中，直到被送进厨房。

但当这些工业实践和传统上对活畜的喜好结合在一起时——

就像这个市场上的情况——就不得不让人警醒了。可以想见，这些活物在市场上聚集时，流感病毒也在它们中发生变异，然后又进入人们拥挤的公寓里。再考虑到现代的航空交通，先前的瘟疫出现的原因也就不难理解了——旧的烹饪习惯与新的食物生产方法共存，还有密集的人口和便利的空中交通。

苏问我们对蛇肉感不感兴趣。

"我们必须吃一次蛇！"我开玩笑地说。多年以前我在香港吃过蛇，蛇肉是棕色的，很硬，被做成了一道清汤，隐约有种特别的味道。不过，我还是很好奇。

我们又叫了辆出租车，驶过几座桥和灌木覆盖的山坡，去往城郊。我们的目的地是某条小路边上一家独栋的大餐厅，它艳丽的大标志牌上画着各种蛇，宛如一本百科全书。

时过下午，店里一个食客也没有，年轻的服务员们立即行动起来招待我们。我弄明白了他们所有的蛇都是现点现杀的，也被问到是不是想自己选蛇吃。这怎么能拒绝？吃之前我必须看看它们。薇和苏让我跟着其中一个服务员走，她们在餐桌旁等。

我被领到房子的后面，厨房后面是一块又脏又臭的地方。在昏暗的光线下，我们见到了一个看上去更猛的工作人员，身着像制服的深棕色脏衬衫和裤子，我猜他是抓蛇的。他领我到了一扇木门前，门后是一间没有窗户的屋子。荧光灯一打开，我便看到房子的一边有桌子和文件柜，中间摆着十来个大筐。它们很快就被推到我面前，每个筐里面都装着活蛇。这间小水泥屋子里肯定有上百条蛇，谢天谢地，我没闻到特别的味道。而且和鸡不一样，也不存在蛇流感这种危险。

关于选蛇吃，我知道什么？我放过了几条细环蛇，指了指更大的篮子。他随随便便地给我看了几条长相十分凶狠的活物，然后我选了一种厚实、墨黑色的蛇。这无疑是一种可怕的生物，但至少它又大又多肉，而且，我希望它光亮如鳗鱼的外表，能让它的肉能更嫩一些。

这个人开始跟我比画，让我自己从这筐蠕动的黑蛇堆里抓一条。他肯定不是认真的，我大笑起来。

坚持了一会儿，他用一个金属工具探进筐里，钳出一条蛇等我同意。我已经开始往门口走了，但还是回过头，看到这条又黑又长的蛇露着惨白的肚皮，在抓蛇的钳子里扭动，就像一条挂在钩上的大虫子。我用普通话大叫出来："对，对，谢谢！"然后离开了房间。真是受够蛇屋了！要是再这么下去，这家伙肯定得让我带着自己选的蛇进厨房，叫我在他拿砍刀剁蛇脖子的时候抓着蛇的身子。

回到桌边，薇和苏告诉我，人们吃蛇是为了补充精力，这是一种让人上火的食物。很多男人认为，吃蛇会提高他们在房事上的表现，或者增强生育能力。

"就我的品位而言，这种想法太直白了。"我说。

那条蛇被端来的时候，变成了好几道菜：内脏配了药草；干炸带骨头的尾巴，配了盐和辣椒；头炖了浓汤。然后是大菜——甜蛇段。我想这应该是最好吃的了吧。酱汁是甜的也很美味，但肉实在是太硬。黑色的蛇皮这面就像炖皮带，另一面是胸腔，同样嚼不动。只有把硬皮从肋骨上扒下来，我才能咬着这两部分之间的那一点不够塞牙缝的肉。

我很好奇这种蛇的生意会不会只是个噱头。但我又想到了后厨附近的那堆活物，抓这么多再放在一起可非同小可。吃蛇对某些人来说，一定是非常严肃的事。

一个服务员问我们吃得怎么样。我说，蛇肉太硬，吃得不舒服。他立刻表示要拿回去再加工一下。我装成品蛇的行家，宣称蛇就应该一次做好。

笑话先放一边，我觉得自己可能完全搞错了。蛇皮和骨头很可能深受吃蛇迷的喜爱。我脑子里出现了一个满是欲念的爱好者，来到此地大嚼这一堆蛇软骨，深信肉的韧性和耐力会被转移到他身上。对我来说，太过了。

离开这家餐馆后，苏突然要先走一步，她的报社找她报道城市另一头发生的一件事。她承诺以后再来找我们。我跟薇说，参观广州的血汗工厂的计划泡汤了。

薇让我放心，她说我们要去的深圳会有更多我们想看到的东西。我们计划看些历史景点，但是，很快就发现我们处在一个相当奇怪的地方，打不到出租车。我们走向一条大街，两侧都是新修剪的宽阔草坪。街上没有车，只有崭新的中型公寓楼，看起来没什么人住。我猜这应该是一片挺怡人的小区，不过还不适于居住。除非谁想跟太太共度一个美好的夜晚，在傍晚散散步然后去啃甜蛇段。

我们终于拦下一辆私家车。薇说服司机当一回出租车司机，带我们回到广州市中心。我想看老码头，它是岸边残存的一小部分，现在已经失去了码头的功能，只是个旅游点。它也被城市吞没了，被一条不宜逗留的快速路切割开来。司机朋友停在了快速路上，放我们下车。薇和我找到一条步行道，能够一览分隔小岛和大陆的漆黑的河道。

在下行到旧码头的路上时，繁茂的树冠给我们带来了慰藉。这里的建筑也很吸引人，是官员和殖民地的建筑。这个区域一片死寂。缓慢的过往带来了美丽的谜题，也隐藏了好故事，我暗自嘀咕着。

我们走在高大的梧桐树和一些不太常见的热带树之下，有酸角树和红木。这些令人称奇的树种表明，在地面的砖下是湿润的泥土。在很久以前，这里还是漫水的平原时，这些树就已经在此生长了，它们适应了饱水而沉重的土壤以及紧实的硬质土层——类似于这一地区地下致密的暗色物质。

　　曾几何时，这里是中国通向世界的大门，街道上满是船夫和海关的官员。这里曾经是广州的官署所在，是入港船只的船长登岸的地方。在有空调之前，枝繁叶茂的巨树提供着必不可少的阴凉。那时，霍乱和黄热病经常侵袭珠江，因此，外国官员闪亮的制服就显得尤为重要，它们宛如抵御肮脏和腐坏的盔甲。

　　这个富饶港口上的建筑是西式的，很多都是由西方著名商号为其代理人营造的石殿。100多年前，它们被建起的时候，这里除了银行、保险公司之外，还有外国政府的办公机构等。这里还有外国移民居住的痕迹，甚至也可能有残存的中国人住所，他们小心地混迹于此，做着脏活。

　　这个地方是西方统治世界的时代的象征。在珠江的旧广州港上，西方国家给自己闯出了一道通向中国巨大财富的门，让自己变得强大而可畏，并带来了能够熟练翻阅厚本规定、身着笔挺衬衫的人。很长一段时间里，中国海关都是由外国人把持的，员工主要是一群英国人，为了确保运行效果，少数德国人、法国人、美国人、俄国人，以及日本人也参与其中。显然，他们认为中国不能再正常运作了，清廷不再适合监督国际贸易和收取关税。这个职责必须外包给有能力的国家，而中国毫无还手之力。

　　中国被压迫的时期正是始于19世纪30年代的这个港口——在外国战舰的攻打下，清政府被迫投降。炮舰来自英国，他们的要求也很简单：开始贸易，不然就继续攻城。除了战舰还有商船，满载着中国想要的一种货物：英属印度殖民地产的鸦片。手握枪炮的英国官员坚持要把这种商品卖给中国。

可以想象，当时的清朝官员在接受这帮外国暴徒的条件时有多么心烦意乱。从远在北方的皇宫的角度看，完全没有理由向这些海上来的强盗让步，而且这种贸易也没有经济价值。英国人的要求是，让中国用大量贵重的本国产品（比如瓷器、丝绸）换取一种虽然很受欢迎，但只能给中国带来懒惰和痛苦的东西。官员很可能还认为，国库和他们自己的腰包都不能从这种贸易中获益。最后，他们的家园和城市燃起战火，而他们又无法阻挡英国的枪炮。因此，广州的官员违抗了北京的命令，最终向外国舰队投降，英国海军登陆，卸下了他们的毒品。

薇告诉我一名林姓高级官员的故事。他是清政府在广州的代表，也是最早坚定地反对外国欺侮的人。在向北2200公里外的北京皇宫里，他起先因光荣的行为得到了嘉奖，但在抵抗失败、广州陷入战火后，遭到了革职和惩罚。禁烟运动失败了。

英国还有另一项要求：土地。英国女王需要一片土地来停泊战船和货船，以避开讨厌的中国法律。他们认为位于珠江入海口的香港岛还不错。

离开码头后，我们向北寻找城里最大的购物中心。没能参观到制造业，我们希望至少可以看看广州人消费的情况。我们没碰上什么值得一讲且令人印象深刻的东西，除了一家面向中产阶级的豪华汽车经销商。在购物活动的嘈杂声中，薇和我快速地走过了一家高档商场的几层楼。有趣的是，在它的厨卫区，我们看见了当天早上看人组装的那种木制浴盆，售价约300美元。

下午的交通逐渐拥堵起来，我们又下楼走到街上，到一个大公园里寻求平静和新鲜空气。我们走进了孙中山纪念堂，从小贩手里买了饮料，在孙中山的雕像对面坐下。孙中山，是现代中国之父，将中国引到了光复的路上。这对旧码头和由外国人把持的中国来说，无疑是个好的发展。

看一眼孙中山的生平或者样貌，就能发现他是典型的广东绅士，连接着腐败的中华帝国和动荡与光荣并存的现代中国。他在中国大陆和台湾地区都备受尊敬。

1866年，孙中山出生于珠江畔的一个尊贵而世俗的家庭[1]，年轻时就见识了太平洋沿岸的种种风土人情。他的一个长兄是夏威夷的地主，自十来岁起，孙中山就在瓦胡岛（oahu）上的一家基督教学校与欧洲、美国的孩子一起读书，掌握了英语。

将近20岁时，他来到香港，在英国教师的指导下完成了学业，后在美国长老会设在广州的医学院就读。然后他又回到香

---

[1] 孙中山出生于广东省香山县（今中山市）翠亨村的农民家庭。——编者注

港，皈依了基督教——考虑到他所接受的西式教育，这并不奇怪。在英帝国控制下的香港，他开始认识到清帝国的腐败，不久后就宣誓要把全部精力投入到拯救中国的事业中。

年轻的孙中山已经是个反对旧习的人，对他而言，拯救中国意味着酝酿共和革命，这通常需要海外华侨的支持。他最早的尝试并不成功，这也迫使孙中山长期在国外游荡。在日本，他与其他亚洲革命者共同谋划，试图把自己的国家从外国控制中解救出来。在西方，他辗转于中国城之间，在中国人和少数外国人中寻求自己共和行动的支持者。

最终，他在东南亚落脚，并在此地指挥中国南方发动了数次反抗清政府的革命起义，每一次都是血的教训。事实证明，孙中山不是合格的征服者，不过他失败的地方，其他人却取得了成功。即便没有他的介入，起义也在中国南部和中部不断爆发。其中一个派系甚至成功地守住了一个据点——位于长江中游的中国交通枢纽，战略重镇武昌（现在是武汉的一部分）。

在反抗的信念得到支持后，孙中山回到中国，动用自己的海外关系，形成了足够的影响力，站到了这场狂暴运动的台前。1911年12月，他成功当选为中华民国临时大总统。这个政权在长江以南控制的地区越来越多，在起义者完全控制南京之前，南京被定为首都。

让中国南部脱离清廷是一方面，清廷对南方的控制很长时间以来一直都在减弱。孙中山也知道如何赢得穷人、共和派知识分子、有组织的罪犯、流亡者等人的支持。绅士、旅行者、医生、诗人……孙中山是古代士大夫的化身，他身上还带着富有教养的现代气息和入世的举止。他或许非常胆大妄为，但他也是能让中国人民安心的人。

按孙先生的愿望，将中国统一在一个共和政府之下，是一个太过宏大的目标，远不是他从南方能够实现的。统一需要把北方也纳入共和势力当中，而北方长久以来都被军权所把持。想取得北京及其控制范围，除了战斗别无他法。北京周围的平原和草原适于进行游击战，正是这样的战争让蒙古人和满族人取得了在中国的统治权；但孙中山没有相似的条件，他只能通过结盟取得北方。所幸，晚清帝国不乏潜在的觊觎者，包括权倾一时的袁世凯，而清廷正好将平定南方叛乱的任务交给了他。

袁和孙都认为对方能够被利用，他们很快开始通过谈判谋求清以后中国的权力平衡。临时总统拥有共和政府以及国内外的信任，他也掌握着中国南部庞大的贸易网络。北方的袁世凯控制着中国职业军队的士兵和枪炮。

回到北京后，袁立刻用军队逼宫，迫使年轻的清朝皇帝退位，将政权交给中华民国。而孙中山则把总统之位让给袁，袁成了中华民国第一任总统。国家将首都定在南京，孙中山率领的革命党交出国家政权。

　　然而袁绝对不是共和派，他对权力的野心远大于此，他也拒绝在南京执政。当袁把总统制变成了以北京为中心的专制独裁政权时，孙中山和他的共和理念统统靠边站了。他的盟友被杀害或迫害，而他本人开始了又一次流亡，继续号召反抗窃国贼袁世凯的新一轮起义。

　　不久之后，袁自称洪宪皇帝，声称其掌握了统治的合法性。但他高估了自己的力量，没有得到人民的承认。和他关系最近的将领纷纷倒戈，中国陷入分裂。称帝不过6个月，遭到万众鄙视和嘲笑的袁就死于肾衰竭。中国迎来了军阀统治时期。

　　孙中山回到国内，又一次以南方为根据地。这次他成了广东的军事首领，明确地表明他要从南方开始，通过暴力让中国实现共和。他招募了美国和苏联的顾问以获得足够的军事力量，还集合了民族主义、资本主义和社会主义的思想。但是孙中山没能活到将理想付诸行动，也没来得及消除其中的矛盾。

　　这场战争被托付给了他的继任者：一方面是国民党的蒋介石，他比孙中山有更高的军事指挥能力，并成功地控制了北方，建立了统一的政权；另一方面是共产主义者毛泽东。双方都宣称自己才是现代中国之父孙中山的真正继承者。

　　当薇和我在市中心徘徊时，苏回来了。市里的会议厅似乎有些热闹，我们前去探个究竟，发现件有趣的事：那里在举办一场中国古代情趣用品展。

参观者基本上都是年轻人，很多是情侣，不过也有一些老人在看，长时间地在展示柜前驻足。展品有假阳具：木制的、象牙制的、石制的，凸点的、光滑的；多种情趣蛋；一些奇怪的古代避孕工具；各色媚药；古书中对性行为详细描写的摘录。

展览是博物馆式的。展品陈列的基调和方式，让人感觉仿佛正在进行的是古代厨具展。展览引起了参观者咯咯的笑声，但在大多数情况下，他们看起来只是带着漠然的好奇心。不过我怀疑会不会有这么多人排队来看厨具展。这场展览也明显带有商业属性。

西方不会这么办展览。情趣用品是下流的东西，这种展览不会在小型的市属会堂举行，仿佛无关风化一样。而且以营利为目的，关于情趣用品的展览也不会受到市政厅的欢迎，它会受到严肃地对待，为教育公众，要带有警告和限制。而且我也很难想象，在我的国家里能搜集到古代情趣用品。

而在中国人，在我的两位女性导游身上，我只能看到对色情、紧缚、自慰等其他概念彻底的无所谓。就像我们站在按摩房的楼下时那样，她们准备好上楼，不觉得有什么好羞耻的。

傍晚温和怡人，空气中带着躁动的感觉。我想参观更多人口极度稠密的街区。不一会儿，我和同行者就到了另一个迷宫深处。

　　天色还算早，外面都是人。窄巷子感觉像是早上那个市场里的过道，人们比肩接踵，到处都是商品。穿过明亮的光线抬头看去，我发现这些建筑有六七层高。再往上，只能通过一条窄缝看到逐渐变暗的天空。电线和晾衣绳搭在中间，窗户开着，人们隔着路相互交谈。

　　街中的桌子上摆着食品和服装。都是些基本给养，不过种类极为多样。有肉类、面条、饺子、烧烤，色泽鲜亮，味道浓郁。我们转到一条宽度不过两米半的小道，两边的建筑悬在头顶，相隔不过半米。

　　"想象一下，住在上面屋里是什么样？"薇抬头看着头顶缝隙处公寓房的窗户说。

　　"那就是能让我坐下来，开始写我关于人类生活的小说的地方吧。"我开玩笑道。

　　苏告诉我们，出于安全考虑，这个城市一直在试图拆除这块地方，但遭到了居民的抵制。他们最后应该不会成功，这个地方不用多久肯定就会被拆除。与此同时，令人讶异的是，居然会有人来保护这样的地方。更令人惊讶的是，苏告诉我们，很多抗议者都不是房主而是租客。

　　我们向右转，到了一个上坡的小道。就在这时，一些十来岁的小男孩从我们身边飞奔而过，跳上道旁的高台避开了我们，完全没有减速。前面有另一组小孩冲他们嚷嚷，开玩笑说要报复，看来是在玩什么游戏。这些小巷、建筑及其所包含的房屋，是这些孩子的圣地，是属于他们自己的生态系统。

在这些狭窄的公寓之外，整个街区——密密麻麻的公共和私人空间——是这些人的家园，他们活动着、变动着，在一定程度上却又是持续不变的。这里的噪音、活动、气息，这么多居民拥挤着生存，对他们来说，绝不仅仅是需要忍受的困难。这些居民已经习惯了这些事物，如果它们突然彻底消失的话，他们甚至有可能会想念。

今晚，这里每个人心情都不错。没有过不去的坎儿，这里的人没有失业，他们不是棚户区里那种游手好闲的人，他们不是在边缘，而是在底层，新中国有他们一席之地。所以，他们付得起房租，还得清账单，养得起家人，能够保持微笑，展望未来。

"薇，这地方在你看来是不幸的吗？"我问薇，不过也没想着得到回答。

最后，当我们找到了通向主干道的路时，我惊讶地发现了一个旧书摊。我无法想象在这个人如蚁群的地方，能有多少人读书。我停下来研究书名，有很多书都是关于如何做某件事、如何取得某些成就的：如何掌握电脑程序、如何烹饪、如何学英语、如何自我帮助。我很快选了一些插图丰富的粤菜菜谱书。薇又指着另一大摊，告诉我是中国星象学。不过，吸引我的是一箱外语简装书。我扫了一眼书名，大多数是英语通俗小说，都是外国游客快速读完随手扔掉的。没什么有意思的，我正要得出这个结论，突然一本稍大开本、相当破旧、书皮已经松动了的英文书吸引了我的注意——雪莉·麦克雷恩（Shirley Maclaine）的《紧要关头》（*Out on a Limb*）。不是我爱看的书，但是能在这儿发现也很有意思，我决定买给薇。

"这位女士是我父亲的一个朋友，相当聪明、有趣，但也有点怪。我保证这里面有很多很有争议的内容，不过可以看看在西方对自由精神的狂热追求有多重要，尤其是对作者这样的独立女性来说。"我跟她说。

"谢谢，我很感动。"薇脸红道，"我一定会读的。"

为什么我总是忘记，再微小的礼物也能有很强大的力量？

乘快速铁路到深圳需要两个小时。深圳位于变宽的珠江入海口的东岸，是中国内地通向香港岛和其周围群岛以及其以外海域的最后一站。共和国在此仿照中国香港建起了自己的店铺，对其制造业经济进行了补充。没有香港房地产的压力，又能从内地吸引到大量劳动力，可谓青出于蓝而胜于蓝。深圳现在是世界第三大港口，仅次于上海和新加坡。

在广州的失败让薇和我更期待参观深圳的工厂。薇一直在打电话联系，她像玩连线游戏一样，通过认识的人找可能跟深圳工厂有关系的人。让我讶异的是，这在中国总是很管用。我认为是密集的人口和极高的流动性大大推动了信息的传播。对中国的每个人来说，他和一大群人之间都只有几步之遥，这在理论上使得他能几乎能接触到关于任何事的任何信息。每个人都认识点知道些什么事的人。

连线在年轻记者之间更管用。在他们不停地交换联系人的时候，不管传过来什么都会传出去。他们还经常冷不丁给人打电话。我着迷地听着薇给一个又一个可能和制造企业有联系的陌生人打电话，这些名字都是她从原来的同事认识的人那里得到的。

窗外的景色飞驰而过。薇用她那最精致的声音，彬彬有礼而委婉地试着给我们安排工厂参观；而关于我们是谁，我们为什么会对看制造小部件感兴趣，她只给出了很少的信息。最后她终于搞定了。次日下午，我们要去一个新建的科技园，参观一家微电容制造厂。虽然有时候看起来像是个编制好的社会，但惊人的即兴事件在中国同样存在。

深圳被称为既没有阶级也没有灵魂的城市，它在仓促中发展而起，只服务于最基本的目的。别以为这里有什么有意思的去处，能看到的只有混凝土玻璃高楼，里面俗艳的大厅通向电梯——再往后，就是间普普通通的房子。

薇和我撂下东西就去找吃的，顺便观察一下这里的人。我们在市中心绕了一大圈，这个傍晚它空荡荡的，让我想起了很多北美的商业区，在天黑之后都会变得悄然无声。新建的大道两旁种着树，似乎还没有投入使用。食物的选择有限，我们不想吃方便面或者路边快餐连锁店里油腻的炸货。想找点事做的我们最终进了一家灯火通明的大商场，它也是新的，各种精品店扑面而来。我们穿过各种奢侈品店，店里几乎没有顾客。而年轻人或手挽着手散步，或在咖啡馆里喝泡泡茶。

兜了一大圈之后，我们发现最好的选择就是酒店旁边的一家餐馆，我俩不禁笑起来。在友好而细心的店主的引导下，我们吃到了出乎意料的美味菜肴，而他就守在我们的餐桌和敞开的店门之间。

到目前为止，薇和我都没发现深圳有什么惊喜。我们目前所处的地方让我们都觉得，它是中国最无聊的街区。

白天的深圳对游客来说没什么意思。它蔓延开来，没有造型或历史。哪怕我们当天约的人在城市那一面也没有什么帮助。早上，我们出发去城市东端与周立太见面，他是个有些名气的律师，曾经代表受伤农民工对抗大企业。我们和他的关系在于，他帮助过我们来自重庆的高贵的朋友——李刚。

"我觉得我得先给你打个预防针，电话里的他让我感觉有点怪。"薇神秘兮兮地跟我说。

"怎么个怪法？"

"爱自夸。"

周立太的办公室在一个仍在施工的商业街上，到处都是尘土。但是这并不能阻止它的繁忙，目光所及之处，都有商店列在路旁。

他在楼门口跟我们打了招呼，我们跟着他上了二楼。他又矮又胖，精力充沛得令人难以置信。从我们走进他办公室的主屋开始，他就一直在用很快的语速说着话，以树立自己的权威。他说自己的事务所是中国维护劳动者权益的翘楚。他带我们到了一面墙前，上面都是我看不懂的学位、奖状、证书。他小心地指着它们，给我们逐一解释。

很难插嘴，所以薇没有试着翻译他的长篇大论。

"我之前跟你说过，他有点怪。"她低声说道。

他让我们坐在一张华丽的会议桌边上，取来一摞相册。然后给了我们俩一人一本，让我们翻阅。每本相册都是传统的中式集体照，人们在彩色幕布前笔直地站成一排。在一页又一页这样的照片中，他通常都位于中心，笑得像尊佛。他告诉我们，这些都是客户、官员、名流的照片。

他站起来，在薇和我之间不停徘徊，以确保我们没有错过任何一页。当我们看完了手里的相册，他插手帮我们交换，并告诉我们别忘了仔细看桌上另外三本。他离开屋子去给我们拿其他东西，薇和我相视而笑。

他拿来了礼物和剪报。礼物是他的事务所华丽的宣传册，配有几张他的名片。他解释说，每张都有特殊的用途：诉讼律师、咨询律师、某法律协会的主席。他递给我们关于他的新闻报道的复印件，对每一篇都进行了解释和论证，仿佛在给一个案子整理证据：周立太诉宇宙静止案。

最后，薇插上了嘴，以从他那里得到些有用的回答。我们想知道他具体是做什么的。他开始了滔滔不绝的案件描述，带着跟刚才确立他的权威时一样的无穷精力。他处理李刚那种受伤案，但也接与不正当开除、工作环境、薪金有关的案件。他还提到了跟工人自杀有关的案件：雇主虐待员工、工作条件不人道，死者家属因此想得到补偿。

这些解释总结起来大概是这样的：普遍来讲，中国——尤其是深圳——有很多巨大的制造企业，它们就像野草一样滋生。在这样的条件下，劳动者的待遇很难得到保障。有些企业雇用成千上万人，它们的组织结构几乎都不是简单的，很多会把生产要素再外包给其他企业，因此执行者和雇员之间的责任关系通常模糊而复杂。监管不力，工会缺失。生产和劳动力的组织都是极为短暂的，不断有旧企业关闭，新企业冒出来。市场要素确实能在工资方面帮助劳动者，薪水一直在稳定增长。利润是这些生产活动的根本动力，福利则无从谈起。在混乱和忙碌中，总有人走捷径，安全退居其次。事故发生的时候，面对这么多一直变动的对象，申诉和索赔会很困难。周立太解释道，他的第一个职责通常是理清复杂的公司结构，以明确谁可能对侵权行为负有责任。

在更单纯的年代，政府会积极介入劳工问题。在法律程序开始之前，党的领导会处理诉求，对责任进行裁定。但现在，工业发展极其迅速，很多都服务于出口市场的外国客户，政府更关心自己所得的份额，而不是劳工问题，因此，这项工作必须通过法律程序在法庭上得到解决。这也是应该的途径，但是很多公司都设法逃避自己的责任。它们有很多都逃脱了惩罚，有很多工作都需要周立太来做。

在唬人的吹嘘之外，他展现了自己对社会政治现实的真实洞见。他的工作确实涉及大量文书和法医研究。在谈到自己工作的人权意义时，他唱起了高调：难道渺小的人不需要发声？不然他怎么能够在这个巨大工厂和经济全球化的世界里确保自己应有的尊严？他需要辩护律师，他需要周立太。

有人可能会以为，在中国为人权辩护会让他与政府发生龃龉。我把他引到了相关的问题上，而他似乎完全不担心他的政府。或许"人权律师"对他的工作来说是个误称，是把一个更加平凡的对象美化了的字眼。"劳工和工伤律师"的说法或许更符合他。这样看来，他对政府来说就是个有用的人，而不是眼中钉。因为政府也慢慢认识到，自己要把责任交给社会。周立太所做的，正是政府无法完全办到的：让企业为怠慢员工负责。

我们问他，不同级别的政府和大企业之间持续紧密的联系是否会让他的工作更困难，他坦承我们可能说到点上了。法庭不总是非常公正。就严重疏忽和致残伤害的案件看，倾向于他客户的判决少得可怜。不过，他补充道，虽然地方上有腐败，但高层政府在企业责任问题上希望看到公正。高层认为这很重要，是通向它所希望的更加成熟的经济的必要一环。

薇和我回到街上后，迅速得出结论：我们喜欢周立太。他或许有些奇怪，但是中国需要更多像他这样的人来服务。法治不可能只从高层往下推行，也需要从基层向上发展。

为了去工厂，我们要穿过整个深圳。出租车司机对从城市最东到最西的行驶距离心满意足。我们让他走收费路段，从城市的北缘绕过。

这样我也就能看见郊区了。深圳没有渐变成农村的部分，而是在一片丛林覆盖的孤山处戛然而止。当我们沿着森林边缘奔驰在高速路上时，可以看到这些地方也在被迅速开发。露天开采挖掘沿着山坡进行，为高档住宅区和高尔夫球场让路。而当我们走过山区向南行进时，一片场景突然在眼前展开。远远看去，雾霭笼罩的珠江口上点缀着船只：渡船、巨型货轮、小渔船。海岸成了一条人类活动带：港口、船坞、工厂、住房、工地。从我们所在的山地向南到海湾的几公里之内，除了城市就是建造中的城市。当高速公路从山坡下降到城里，人群、生产和分配都消失了，我们的任务又变得抽象起来。

"薇，给我讲讲我们要去的工厂。"

"我也不清楚，其实我也不知道那是做什么的。我猜可能是给电子设备或者计算机用的，也别问我，我们是怎样才能参观这家工厂的。"

"为什么？"

"相信我，我要解释起来是怎么联系的肯定又长又没劲。"

"至少你得承认，我们要去全世界最大的制造业中心的一个不知名的工厂，这还挺有趣的，就像在一片大森林里找一棵树。"

"希望能对你有用，不过要是没有也别怨我。"

高速路变成一条与其他道路相连的大道。突然，城市变成了一片布满尘土的荒地。裸露的土地至少有一平方公里，原来在上面的东西最近刚被清理干净。在它南边，又能看见水面了。我们正在朝岸边驶去。

穿过荒地，城市又出现了，稀疏而粗糙。出租车在一个宽阔但尚未完工的环岛旁边停下。在司机向行人问过路以后，最后转向了一条特别具有科技园感觉的大街。七八层楼的工业建筑几乎就列在道路旁边，楼与楼之间有一段段修剪过的草坪。我们要去的是10号楼。出租车司机说会等我们。

薇和我绕着建筑找入口。我们没有发现大厅，只有一道门通向楼梯和几个电梯。薇给联系人——公司经理蒋先生打了电话。他让她去六楼。

蒋先生40来岁，看起来挺悠闲。他在电梯口迎接了我们，领我们进了办公室，并给我们倒了茶。看起来我们对工厂运营的兴趣没有给他造成什么困扰。我们的东道主说的是普通话而不是粤语，这在深圳也很常见。他给我们看了公司的产品样本。他的工厂为电路板制造微电子元件，这种产品好比沧海一粟，深深地嵌在产业链里，几乎不为消费者所知。就像大厦中的支柱，完全没人重视但又不可或缺。

这些电阻部分是给当地生产的，部分供给中国其他地区，但几乎不出口到国外。他说自己的公司在最近几年有比较大的发展，会在未来的几个月中占据这个建筑里的更多楼层。

我问他雇员在哪儿住。他告诉我，附近的大公司给雇员提供住宿，但他的公司没有专门住房。15年前，雇主必须提供宿舍，因为附近没有住的地方，交通也很落后。现在，人们能自己解决住宿问题。他解释道，虽然自己开出的工资相对来说还挺高，但是吸引工人越来越困难。他希望深圳这个区域的急速发展能给他带来潜在的劳动力。

在进入生产车间之前，蒋先生请薇和我穿上白大褂。工厂一词对这个车间来说太大了，它更像一个大型实验室。30来个工人紧紧坐在一起，做着同样的任务。工人几乎都是女性，几个主管是男的。女工们都穿着白大褂，戴着发网、口罩和手套。房间没有窗户，但照明和通风都很好。他告诉我，这里生产的是精密机械，所以公司必须小心维护工作环境。

女工们通过大放大镜在操作台操作。托盘上放着各种等待组装的零部件，女工们取出部件，把它们插进白色微型圆柱里。这个工作让我想起了同样需要一丝不苟的中国微雕，但它更加单调。

我不知道该问主人什么问题了，似乎没什么好聊的。我能从这个生产过程中学到什么？我问了关于工人的事，并得知他们每星期工作六天。女工们看来几乎都是20多岁，她们举止优雅又极为专注，这对从事精密手工作业的人来说并不奇怪。薇评论说，就像我们的祖母在刺绣。我很好奇，在白天不停重复有限的几个动作后，她们晚上会做什么样的梦。

在隔壁房间里，电阻是通过一系列机器加工的。几个员工监督着这个自动过程。在我的一番努力之下，蒋先生开始解释其中的原理：加热、加压、真空。另一组员工在进行一系列电子检测，以确保电阻符合规格。最后，成品被包装进盒子里。

我们参观的终点是公司餐厅。一些员工正在休息，他们用普通话互相打趣，几乎没有注意到我们的存在。很多员工都是外省来的，不会说粤语。深圳借此成为珠江流域和中国其他地区之间的坚强纽带，这是这个相对孤立的地区长久以来都不具备的。

我们走出厂房，进入黄昏前金色的阳光里。从另一个工厂来的一组工人从我们身旁走过，欢快的年轻男女，无疑正享受着闲暇时光。我想象不出他们去夜总会或按摩房的样子。更可能的场景是，他们会在哪个新商场里喝泡泡茶，饶有兴致地看着他们不会买的高档商品，却又因为自己买得起而兴奋着。

我不知道这些工人以后会怎样——是继续留在深圳，还是回到自己的乡镇。我猜也许两者兼而有之。他们身在此地的时候，一切都在发生变化，一旦回去，他们会成为不一样的人，回到的地方也发生了变化，再不会像从前那样脏乱和闭塞。

我对薇说："现在当中国人真好，年轻人总有机会。"

"我同意，这是让人振奋的时代，但基础设施还要得到建设。工作是好的，但中国人不应该只为工资而工作，不应该只追求消费。"

"要有耐心，薇。对他们来说新生活才刚刚开始。"

我们乘高架火车去香港。虽然有边检，但只是做做样子。有些人可能觉得这是重回自由世界。我曾多次坐飞机往返内地和香港，走陆路还是头一遭。

我跟薇说："我们当然应该反对边境，反对它们代表的东西和从它受益的人群，但是，我喜欢过边境时候的景象。如果它们真的消失了，我会像受虐狂一样想它们的。"

薇说："我还记得五年前第一次到香港，是去《南华早报》实习，也是我第一次离开内地。那是在香港回归之后，能去一个政治体制完全不一样的地方让我很兴奋。香港能够回归祖国也让我很自豪，这意味着旧时代的结束和新时代的开始。我知道很多西方人都担心这件事，但对我们中国人来说，香港的回归是充满希望的时刻，对我们只有好处。"

我说："在我看来，香港一直都是个避难所，一个能让人在艰苦的旅程后享受些许舒适的地方。还记得我在1990年到中国的漫长旅行里，有多么期待来到这个地方，我简直等不及来这儿买电子产品。经过了东南亚湿热的热带气候以后，我感觉香港温和的气候十分宜人，秩序井然得让人轻松——我要去电影院。"

"我感觉那很优雅。那个词是什么来着？彬彬有礼（genteel）？"

"Genteel！挺难的词。可能用文雅（refined）更好。你是想说，香港像台湾一样，对中国文化保护得更好，比内地强？"

"对，可能吧。"薇说，"那里的人也可能更有尊严。我猜可能是因为自由吧。我第一次来这儿的时候，就坚定了去西方学习的决心。这儿还有其他打动我的东西，另一个难词，忧郁（melancholy），对吗？心中悲伤的渴望？"

"对！Melancholy就是心中悲伤的渴望！你太逗了！"

"不是很强烈的情绪，但是无处不在。"

"它是好还是不好，香港这种淡淡的忧伤？"

"非得二选一吗？"

"拜托！我是问你喜欢吗？"

"可能吧，走的时候再问我一次。"

我们将要到达铜锣湾，那是我们都很喜欢的一片区域。我们在那里的一家公寓酒店订了房间。它们干净又安全，非常适宜留宿，只不过有点狭窄也没有私人卫生间。我们的酒店位于一座商用楼的上面，是由公寓房改造的。袖珍的前台设在公寓入口，管理着六七间房。这个简易住所的好处在于，它离人们活动的场所非常近。从简朴的房间走到楼下，就进入了难以置信的繁华中。铜锣湾的街上到处都是行人，高耸的建筑紧紧挨在一起。

香港绝对是堪比纽约的城市丛林。摩天大楼就像无边森林中的巨兽，人和车就像小虫一样在其间爬行，天空遥远而虚无。这些街道是弯曲的，它们顺着香港的海岸和崎岖的地形蜿蜒。因此，人的视野会受到阻挡，有一种被封在建筑之间的感觉。

建筑物正在进行升级改造。当旧的都消失后，我会怀念它们——那些60年前匆忙建造的建筑。在这些较小的高楼所属的时代，香港还不是那个耀眼的经济中心。在大英帝国摇摇欲坠的时候，它的属地香港，一个位于远东的破旧前哨，发生了天翻地覆的变化。

房地产一直都是香港的一个大问题。这片岛屿是英国在第一次鸦片战争后从中国取得的；后来又加上了九龙半岛；再后来又并入了一片更大的地带，被称为新界。到20世纪50年代，中国在毛泽东的领导下得到统一，不再向外国人割让领土。自此以后，香港都在封闭中发展。从1945年到50年代中期，香港的人口至少翻了三倍。英籍人士在日本占领香港时期结束后纷纷回到此地，后来又不断有人从没落的东方殖民地流入。这是些有势力的人，但数量无法跟中国革命期间从内地逃难来的人相提并论。

为了在有限的土地上接纳日益增多的人口，城市只能纵向扩展。产业和住宅很快就被塞进造价低廉的混凝土高楼中，其中最挤不过铜锣湾，原来的维多利亚港是最具中国特色的居住区。

战时工业让发达经济体学会了极具效率的新生产方式，这些在劳动力丰富而廉价的香港得到了实践。从铜锣湾狭窄的街道望去，还能看到曾经的香港。老建筑和正在取代它们的巨型摩天大楼不同，它们的窗户更有特点，不仅仅是金属和玻璃板。它们还挂着晾衣绳，充斥着空调的噪音，还有暴露在外的电线。廉价的金属标牌随意且高低不同地挂在建筑的门脸上。

制造业从很久以前就撤出了这片区域，但集中的商业活动保留了下来。建筑里挤满了生产商、分销商、中间商的办公室，底层是数不清的商铺。多年以来，这些原本经营低端商品、廉价服装的商铺，逐渐成了高档奢侈品店。铜锣湾的某些地段如今是最为时尚和昂贵的。

薇和我用签子戳着鱼蛋，就着浇了雪蛤卵巢的奶茶，这是观察人群时的完美搭配餐。交通高峰时段将至，办公室白领拥上狭窄的街道，与逛商店的人混在一起。一两个小时后，噪音、人群、灯光构成了令人赞叹的奇观，让这座城市的活力能与世界上任何一座大都会一较高下。

薇和我拥进人潮，在流动的人群中游荡，沉浸在眼前的场景中。到处都是年轻的脸，除了少数例外，都是亚洲面孔，他们的着装时尚又低调。

"看这两位多彬彬有礼。"我指着一对匆匆而过的年轻人跟薇打趣道。

"不开玩笑，这儿确实挺时尚的。你要是见了我原来的上司弥尔顿·张（Milton Chang），肯定也会认为绅士就该是他那样子的。他很聪明，但腼腆谦虚。我得说，他真不像通常的新闻编辑。"

我有充分的理由相信薇是个优秀的学生。大学毕业后，她就到了每个有追求的中国记者都会向往的《南华早报》当了实习生。垂涎这个机会的人特别多，因为实习期间能去报纸位于香港的总部。实习生的英语能力会得到打磨，也能在盎格鲁-撒克逊新闻业——可以算是全世界最好的新闻业了——的伟大传统下接受指导。最好的实习生甚至有可能转正。证明薇的能力的另一个证据是：在实习之后，她得到了一份工作，成为该报纸在北京的重要分支机构的初级记者。弥尔顿就是她在香港的主管和编辑。

"《南华早报》可能跟原来不一样了。"薇解释道，"但它仍然被认为是远东一家影响力深远的自由派机构。关于这个，弥尔顿会谈很多。我不知道他在那儿是不是很舒心，要么就是他天生忧郁。你马上就知道了。"

"报纸都在衰落。普遍来讲，那就不是个让人高兴的去处。"

"对，不过对《早报》来说并不只是读者问题，它的取向也在变。从一开始，《早报》就不是一家英属殖民地的报纸，它有很强的中国共和派元素。其创始人之一是中国反清人士，孙中山的同僚。"

我们在几站地铁外的街区见到了弥尔顿。他瘦小、书生气十足，和传闻中一样谦恭而沉稳。我经常听见薇说中文时带上礼貌而又有些顽皮的语调，这次听到她用这个方式说英语，让我觉得挺有趣。

刚入傍晚，我们都还不饿。不过我们都认为一家繁忙的餐馆是个适合进行对话的地方。

"这家可能太受欢迎了，我们要不要再走走看，找家咖啡馆什么的？"弥尔顿说。

我说："真的无所谓，我们进去吧。"

"好，至少这里看起来快满座了。饭馆里要是就我们几个，那就太没意思了。"

我们点了饮料和一些小菜。在跟敬爱的前老板愉快地寒暄过后，薇要求把注意力转移到我身上，弥尔顿欣然同意。我们有来有往地聊了起来，交换了一些基本的个人信息。

弥尔顿得体的英语开场白让我想起了一位哲学老教授，他是个性格温和而又极富思想的英国人，教分析认识论。我们如履薄冰般的对话总是充满偏转和退避，仿佛思想世界极为微妙和不稳定，需要谈话双方的小心迟疑和温柔关切，尤其是在谈到自我的时候。当然，我是夸张了。不过这种严肃而中立的谈话对加拿大人来说是很自然的。我想这可能跟国家的殖民地传统有关。通常，我会在刚开始的几句中表明我知道怎样用这种方式交谈，但之后就不能再保持了，或者至少我不想。当很有智慧的人在场时，我更不愿意这样，我肯定会更想暴露自我。在我看来，袒露自我比试图掩盖更能体现共情和尊重。

弥尔顿很快就跟上了我的野路子，让我谈起了战争、美国、中东、非洲、加拿大政治这些一般话题。和往常一样，我毫不迟疑地给出了自己强烈的观点。

"那你为什么来中国？"他终于问到了我在这儿办的事。

我告诉他："写个给大人看的故事，我们正在进入其中最精彩的部分。"

"你打算怎么处理这个故事？"

"以旅行作家的角度，也是我一直在做的旅行纪录片的延伸。我的任务是记录瞬间，那些可能揭示背后重大事件的特别时刻，然后把它们拼成一个有趣、好读的东西。"

他笑着说道："你真是没追求，那你在香港找什么？"

"身份政治、文化融合之类的东西。"

"我懂。"

随后，我试图探寻他对上述问题的真实看法，他的回答并未出乎我的意料，我就是来印证这些的，或许我找到了答案，也或许没有。

最后，我们三人走进这个温暖夜晚的喧闹中，像兄弟一样道别。临别时，弥尔顿又恢复了自己绅士的样子。来而不往非礼也，我也披上了谦卑的外衣，虽然我诡秘的意图让它染上了一点点污迹。

我曾发誓，不把我的臆想带到中国来。我要在每一次呼吸间都与之抗争，就像我跟弥尔顿聊天时所做的。但对中国人带来的臆想，我又能抵抗多久？我发誓不把自己的共和思想带到中国来，不管是何方神圣在引导这个国家，我都要开怀接受。但是，我可敬的中国对话者们一次又一次地用同样的希望挑战着我。他们自己也在争辩，他们想过上更好的生活。

这是当然，但怎么实现呢？

第九章

[重游]

一片笙歌醉里归。

——欧阳修，《采桑子·荷花开后西湖好》，11世纪

重回北京。

我在北京东北部一个传说中的工厂798工作。曾经是军工厂的798在20世纪90年代末被改造成了一片大型展览空间。艺术画廊和艺术家工作室如雨后春笋般出现在这片区域。后来，这片翻新后的工业区也变成了来首都参观的人的旅游胜地，不管他们是否热爱艺术。

北京的艺术圈已经发展成了一个大型产业，涉及的参与者数以千计，资金可能有上亿美元。艺术代表着中国大城市里新出现的巨额财富，它和全国范围内的房地产急剧发展密不可分。可以确定的是，成千上万的新住宅和公寓不会被现代艺术所装点，但它会存在于理念深处和各个角落。

蓬勃的艺术界反映出一个愈发多元的社会，它允许人们拥有更多的职业选择和消费选择。但现代艺术离不开创新、探索，也离不开冒险。

在车里，我想起了凡·高（Van Gogh），他那强有力的画作可能经受住了时间的考验，但他的艺术人生除了痛苦一无所有。他得不到认可和鼓励，没人告诉他，他会被人记住，他的艺术和苦难并非一无是处。

可怜的凡·高是否想让我怀疑这种艺术上的成功，警惕这个艺术、名望、金钱的风月场？

不，这是一种更大的不安。成功和认可所带来的声色犬马能够吞没一切。而我希望看到的是潜藏在寂静的黑暗中的东西，我想一探那些名不见经传的中层经理、农民工所处的深渊。这是个没人光顾的地方，它的居民也无人问津。对这里的人来说，裁判、听众、读者的到来是一种殊遇。大师经久不衰的伟大表演，是怎样胜过无名小卒的一次性表演的？什么样的潮流能够战胜真正的唯一？

我们驱车去见一位不知名的艺术家李博，我曾经在北京的一家画廊里见到过他的作品。他的工作室所在的区域几乎超出了城市圈，位于农村。它的入口是一扇覆满尘土的车库门，在一大长串车库门的最后——这是刚被充满希望的艺术家们攻克的另一片工业区。

李博又高又瘦，他脸上的一颗痣上留着一撮毛，像道士一样。

"他为什么这么做？"我后来问别人。得到的回答是，这是权势的象征。

这个年轻人在一个暧昧的场景里给几乎全裸的女性模特摄影。这些照片没有被印在画布或者纸上，而是被印在了由线绳盘成的面板上，这使得画像得到了轻柔的虚化，给它们带来了神秘乃至图腾般的感觉。这些画面展现的是一个极具私人色彩的世界：聚光灯照在狭窄公寓乱糟糟的床上，年轻女性身着内衣，或为某些事做好了准备，或在艺术家的镜头前摆着姿势。

女士内衣、文身、身体曲线、偶然露出的耻毛，都出现在画面里。它们暗示着性，甚至可能还有点色情，挂在家里肯定会引起尴尬。它们就这么随便地展示在首都，让我有些惊讶。

他告诉我，作品里的所有女性都是他的女友。

这些作品探讨的是亲密、亲近，不是性。性可能是叙事的一部分，但是对自我的探索成分远多于对身体的探索。头和脸被光线和画面材质所模糊，确保个人身份不会被认出。不过，这些人显然是正在探索自己自由的独立女性：她们为了做自己而征服一部分空间，然后向别人展示她们的新身份。而这种窥探是否玷污了这些模特的自由，把她们的姿态变成了供他人使用的无生命的造型？或者，在观者看来，这些女性的自由是不是并不应得到尊崇，并被允许在观者之间传播？

艺术关乎给予与接受，它从来就不是一个零和博弈，而是对可能性的开放和延伸，由神秘力量所引导。如果李博的作品确实有所表达的话，那么其观者应来自一个充满自由的城市。它们表现的是夜晚，充斥着藏匿在私密空间里的人群；是男男女女，把握着时机，在自己还年轻、有欲望、愚蠢的时候，寻找着爱——这个难以捉摸的力量，既保存着我们的特异性，又将其否定。

艺术必须被视为通向未来的门户，一条前进的路。如果艺术不能打开这条通道，发出自己的声音，提供新的选择，那么它就不存在。

从首都东北方向，我们南行到中轴线东侧的一个区域，这个区域是迅速发展形成的新商业中心。崭新的高楼林立，让首都充满了现代气息。没有小巷，没有尘土，也没有人类正在居住或曾经居住的痕迹。玻璃和钢铁建成的新中央电视台呈现出奇妙的弯拱，暗示着一种可能的未来：人类生活完全被机械掌控，只存在于房屋内，而房屋高耸，直插云霄。

在这片区域往正南方，穿过一些铁路和快速路，便是陈丹青居住的光鲜的小区。他的画室在几层楼之上，朝向北面那些密密麻麻的摩天大楼。宽阔的窗户透着北方天空的白色光芒，偶尔也有那些摩天大楼反射的光线照进来。不远处的新城让我们惊叹不已。

我问他，在新首都的创造中是否有什么损失。

"有，北京已经消失了。"他柔和而轻松的微笑暗示着，人们不应该为此沮丧，而这种损失也无须哀悼。

陈丹青是古典风格的油画家，他画人像和宏大场景。用挥毫泼墨描绘真实的艺术家与那些从事表演、抓拍、建造的不一样，他们没什么回避自己技术缺陷的办法。即便是最精通具象画的画家，也会在对深度、光线、动作和意义的把握上，被拿来与大师相比较。陈丹青最著名的当属创作于20世纪80年代的一系列描绘藏族人民的作品。这些画作技艺精湛，被称为新现实主义作品，而陈丹青本人就是这种风格的主要拥护者。

当旧时代过去，全新的中国到来时，像陈丹青这样的年轻艺术家在正统训练中获得的卓越技巧迅速得到了大胆运用。

他画中的人脸仿佛具有魔力。他们的眼神独一无二、栩栩如生，表明有自由意识蕴含在他们身体里。这些藏人粗糙的面庞久经日晒，覆着尘垢，他们的头上裹着兽皮或毛皮，衣着粗陋而奇特，他们的眼睛极具表现力和活力。

陈丹青的新现实主义关注的并不是中国人所熟悉的东西，而是他者寓居的边缘地带。精神抖擞、遗世独立的藏民与任何教条都形成了最鲜明的对比。展现他们本来的样子——陈丹青的作品如是说。让他们进入我们的生活和住所里，说他们自己的话。

他最好的作品所描绘的是山地土著民族。其场景非常质朴：

走向集市的人、田地里的集会。其中表现的行动大胆而新颖，相当离经叛道。画中人并没有按照共产主义的习惯，朝向一个共同而明确的目标行动。他们的行动自由而随性。

陈丹青将近60岁了，但看起来很年轻。他黑白相间的头发只留着发茬，眼睛下的皱纹外框着20世纪20年代风格的圆眼镜，粗哑的声音听上去像是年轻人在装老，而不是真实年龄的反映。陈丹青在国外住了几十年，他会说英语，也深谙给外国人表演的套路，而且颇有君子之风——既不强迫也不武断，有循循善诱的感觉。

在谈到社会和政治问题时，他展现出了跟绘画相似的现实主义。在访谈酣处，他告诉我，他知道中国领导人心底里认为"民主不适合中国"，它或许适合西方国家，但在这里不会奏效。他们相信这一点，但"不会宣布出来"。他又迅速表示他自己不愿意相信这一点，但又说"当它得到事实证明时，让我感觉痛苦"。

他解释说，在纽约度过的18年让他能够看到美国民主和中国现状之间的巨大差距。中国只有很少一部分人能想象到那种民主的样子。他继续说道："中国人的天赋在于经商，他们总能找到办法绕开规则。他们头脑灵活，法律和规则不适用于他们。他们的头脑是用来处理紧急事务的，在这方面，他们非常聪明。"

我试着让他想想即将到来的问题和冲突，但他只是告诉我他不担心未来。他说："中国人太擅长避开麻烦了，他们擅长活着，不问意义。"

从画室的陈列中，我发现他最近的作品都很正式，虽然也有些怪诞。其中一张描绘了17世纪晚期的场景：一个法国贵族的女儿们穿着蓬松的华服和狗坐在窗前。她们没有动作，在暗淡的光线中，她们的脸像真的一样，朝向观众的奇怪眼神意味深长。这些静默而冷漠的鬈发姑娘目不转睛地盯着我们，搜寻着从画外看她们的陌生人。

另一幅画描绘了一本摊开在桌上的旧书，上面有一幅用国画手法展现的世外桃源风光。这幅没有动作和生命的画，在他的画室里显得有些突兀。难道人脸开始让他感到压抑？这是否意味着他开始转投幻象和超脱？这位老画家是不是不再有年轻时那种暴烈的理想？

他引我到一个大柜子前，里面的滑板上放着他早年的一些作品。他拉出一张震撼而肃穆的大型作品。陈丹青骨子里是个暗色调主义者，白色、黄色、金色的图案在黑暗的画布上熠熠生辉。就像卡拉瓦乔（Caravaggio）的代表作一样，画面中光的形象虽然明亮，但看上去癫狂而易逝，似乎马上就要熄灭。

我下意识地脱口而出："啊，这个我喜欢。"

他听出了其中的轻慢，但没有回应。

这张画描绘的是一组穿着制服的人，脸上露出痛苦、受折磨的表情。他们是士兵。在画面的角落里，一个士兵正在奋力挣脱向后扯着他衣服的手。他的表情是一种动物般的狂怒。在他周围，战友拽着他，他们互相推着向前穿过这个场景，挤出一条通向某个战场的路。他们满是汗珠的脸因情绪激动而显得煞白。一些人焦虑地喊着鼓舞的话，另一些人瞪大双眼，面如死灰，因在夜里听到了恐怖的作战目的而呆若木鸡。

"你知道这是什么吗？"他问。

震撼之中的我，像个白痴一样嘟囔着说不知道。

他轻声解释道："这是中国内部的一次冲突，人们正在试图阻止士兵前去作战。我还不能在中国展示这幅作品，我已经等了很多年。"他笑着把这幅画滑进画库里。

在中国艺术里，毛泽东是个被滥用的主题。显然，这对游客来说是个噱头。看见主席和他那奇异的世界被改造——遭到戏仿且与资本主义的符号并置——西方人会感到刺激。有商业头脑的中国艺术家，不论水平高低，都创作出了大量借用这些元素的作品。它们指向的是过去而不是未来，大多数都算不上艺术，只是用来招人注意、引起对话的纪念品。

我在异国他乡的鸡尾酒会上听到："亲爱的，给他们看看我们从中国带回来的画，是不是很讽刺？"

Mao Livehouse，也称"毛吧"，是一家著名的音乐会场，位于老北京一个很时尚的区域。它不过是对毛主席的又一次空洞的借用。舞台的幕布上印着毛泽东标志性的头型和发型，以剪影的方式呈现在明亮的视平线上。经常光顾此处的年轻人不在意这些细节，他们是来跟朋友接触摇滚和朋克的。

音乐相当吵闹。这里似乎主要供处于爱好水平的人进行表演。事实上，似乎音乐性本身无关紧要，重要的是原始的噪音、刺激的表演、暴烈的节奏的冲击。

我发现了一个名为"女杀女（Girl Kill Girl）"的三人女子组合。她们演奏一种极简而粗犷的独立音乐：贝斯、鼓、人声。她们一起制造出强劲而稳定的节奏，在聚光灯的闪烁下吸引着我们的注意。魅力超群的团长用着Gia这个名字，用英语歌词呼号着，尽显自己的语言天赋。

在演出结束后，我与Gia见了面。关于在中国追求自由，她显然有些有意思的话要讲。

当表演者走下舞台时，他们无一例外地会有点失心。万众瞩目让人如痴如醉，而曲终人散令人无所适从。它给人一种被炮弹震晕的感觉，仿佛一场轰轰烈烈的爱情刚刚结束，一个人突然又变成了独自一人。艺术家的心里会有一种被利用的感觉，他仿佛是一个来到台前的人或物，嘴里念念有词，脸上表情丰富，双手和身体做着一些要被认可和解读的动作。艺术的表演不容否认，因为它们是爱的源泉。但对艺术家来说，这些奇怪的表演仿佛是别人的，这个人不期而至，不辞而别，他的出现让人痛苦，让人满怀被遗弃的恐惧。

或许当我们在后台走廊把灯光照在Gia的脸上时，她感到有所缓解，仿佛在聚会结束前饮下了最后一口美酒。她喝着水，告诉我们让她缓一缓再问问题。

我的摄像机开始绕着她转，仿佛要请她跳舞一样。心领神会的Gia开始摆造型，她对着镜头做出咆哮状，又伸出舌头，竖起不屑的中指。最后，她转向我，说："你怎么看我们这破音乐？"

大吃一惊的我摇起头来，想要否认她的说法。她不吃这一套，声称她和她的队员都没有音乐家的天分，她们的音乐也不美。我只能冲她微笑，举起我紧握的拳头，摇了摇表示支持。

然后轮到我提问了。我问了她许多严肃而发人深省的问题。这位摇滚乐手，落魄公主，摇身变成了一位泰然自若的年轻女性，开始讲述她的故事：

"我长在一个传统的家庭，父母都为政府工作。他们对我很严格，哪怕到了高中，他们还要求我下午6点前回家。我长大的环境很压抑，我觉得学校很乏味，生活很无趣，我想自杀。后来，我发现了摇滚，它救了我的命。"

我让她详细讲讲她和父母的关系。她解释说，要知道西方的老人都是伴着流行音乐长大的，但是在中国不一样。"摇滚对老一辈来说是新鲜事物，他们把它与性和毒品联系起来，这自然会让他们觉得摇滚很危险。"她承认，随着时间的推移，她的父母也有变化："他们现在认为摇滚是真实的，也更理解我了。"

我问她最近在音乐上的取向，她说："我是那种总在改变的人，包括我的音乐品位、我在艺术上的爱好、我的衣着。朋克是我涉足音乐活动的方式，它是个开始。但它也是另一个时代和地点的音乐，它离现在年轻人的生活很遥远。所以，我只是一直在前进。"

"最近你唱的都是什么内容？"我问。

"爱。"她羞涩地微笑道，"我一直在寻找它、失去它。在精神层面，我就像头怪兽，我一直在与自己搏斗。"

在我放下摄像设备后，Gia 和我聊了聊我拜访过的那些画家。她吐露道，长久以来，绘画给她带来的喜悦不亚于音乐。

"我喜欢它的安静。"她说。

薇现在正在美国一所常青藤学校读研究生。她刚结束在东非的实习，只是回到北京过个短暂的暑假。在热带待了一段时间后，她不想再在中国首都的八月酷暑中流更多汗了，所以拒绝跟我为这个劳神费力的纪录片跑遍四九城。不过没有了她，中国的犄角旮旯多少有些不对劲。所以，在两次拍摄的间隙，她跟我相约在北京鼓楼附近的一家小饭馆喝茶。

这个几年前曾跟我一起旅行的小女孩般的年轻记者，现在变得更加冷静，更加泰然自若。这个变化让我不禁好奇，在她眼里我可能也有所改变。当我跟她讲了我新的家庭生活后，她问我这是否令我发生了改变。

我思考了一阵说道："恐惧又回来了，哪怕在兄弟和父亲没了的时候，我都能不动感情地看待人类的死亡，把它当作自然，甚至美好的事。但是，现在我有孩子了，我不能再这么平静地看待死亡了。它又开始让我害怕，可能我也应该害怕。"

"我一点都不奇怪小孩能有这样的作用。说到这个，我也订婚了。我的未婚夫是计算机工程师，他最近得到了一份在欧洲的工作。我要在毕业后跟他一起去，而且我们也在考虑组建家庭。"她兴奋地说。

"听起来你要离开中国，一去不返了？"我好奇地问。

"有可能。"

"你对此有什么感觉？"

"生命中重要的东西，无论我们身处何地都会与我们在一起。我从中国所汲取的，已经与我同在了。"

"有道理。"

"你还在维护中国共产党吗？"她突然问道。

"你知道，我一般都会去反对那些跟我观点一样的人。这会迫使我们双方完善自己的想法，让它更明确、更好。"

"我知道。你跟我说过这是耶稣会的方式。"

我说："没错，不过还是要回答你的问题。对，我还是会偶尔维护中国共产党。比如，我认为如果没有它带来的统一和组织能力，中国不可能在这么短的时间里取得这么大的成就。"

"有趣。我的立场也有些软化了，可能是因为我不再住在中国。从远处看，中国所面临的巨大挑战似乎没有简单的解决办法。这也让我收敛了一些。我也能近距离观察民主是如何运行的了，它并不总是能为人民服务，它也可能有各种大大小小的腐败。但我永远不会接受国家践踏人民的权利——比如，完全不受责罚地夺走人民的家园、毁掉他们的生活。不管民主与否，中国都需要法治。"

"关于政治上的转变多久能够实现，你现在比原来更乐观了吗？"我问。

她坦承道："在国外生活让我能更有耐心，不过，让我们看看中国现在变得怎样了。发展速度正在减缓，近几十年的巨大收益无法继续保持。情况正在趋向平稳，对于外部资源的需求也没那么强烈了，因为大型建设项目越来越少。中国的城市中产阶级现在几乎能占国家人口的多数，这些人已经迅速习惯了消费选择，所以他们也在探索个人选择的更深层次的概念。他们通过旅行，感受这个世界。这些都能让中国更加内省，做好改进的准备。不过我也发现，并不是所有人都像我这么关心政治，改变或许只能非常缓慢地进行。"

"看看研究生院把你变得多实际！"我开玩笑道。

"这可能跟视角关系更大，不关学习的事吧。"她笑了笑，接着说道，"对我而言，还有另一个变化：我还记得你在我们聊天时取笑我的反日情绪，我想收回我原来说过的话。对一个来自山东的女孩来说，我的感情可能是合理的，但它多少有被误导的成分。现在中国非常强大，我真心希望它不要成为世界上的侵略势力。我原来总是简单地告诉自己，中国一直都在遭受外来者的入侵，而不是侵略者，但现在我感觉这种想法不全面，这太强调过去了。我真的还是像原来一样爱中国，但现在我感觉自己已经脱离了那种被操纵的爱国主义情绪。旧的一页总要翻过去，中国要更小心自己的民族主义思想。这也肯定是趋向成熟的一环，对我而言就是如此。"

"看来我们都变得更聪明了，薇。不管怎样，我们可能不应该浪费太多时间在政治上。它们不就是一片喧嚣，会让我们忽视生命中更深刻的东西吗？"

"你这话像个真正的道家说的。"她揶揄道。

"对，道确实能征服人。说到这个，我今天下午要去一座道观。"

"我记得你不喜欢道观，你说过你更喜欢里面的庭院。"

"没错。不过别忘了我要拍纪录片，我得找点能给人看的东西。"

"那可难了，给人讲解道！"

"对啊，就像拍一段一个巴掌拍得响的片子一样。"

为了让摄制组能在2008年的夏天自由穿梭于北京，我们需要一个政府安排的司机。我们的司机叫李楠，来自中国北方的一位高个儿年轻女性。她穿着淡色瑜伽服，喜欢香烟和流行音乐，但她的安静、镇定和自信的体态暗示着她有军队和警方背景。挺好，纪录片工作会非常严酷，摄影机、汽车、班组都很昂贵。我们身兼多职，我们广撒网，以便在一天结束后收获对我们的任务有价值的东西，让我们能在编辑室里做出取舍。

没用多久，李楠就开始享受漫长的工作日，自豪地向我们展示她的关系。她开始给我们影片中的选角提建议：僧侣、书法家、工匠、服装设计师。

她认识的道士在一座高楼环抱的道观里，挨着西三环。时值下午，炎热刚刚稍有缓和，但沉闷的空气仍然泛着白色，路上车很多。

色彩丰富的道观和城市的混凝土形成鲜明对比，它保存完好，但几乎失去了原貌。阴阳的图案反复出现，道士们身着整洁的黑白袍，在一整天里举行了好几种仪式，他们冥想、敲锣。

我们的联系人曾和李楠的父亲在某政府部门共事，这个人在几年前加入了道教。在探问中我得知，对他来说，当道士是种日常工作，他晚上不住在道观里，而是回家跟妻子住在一起。虽然身穿长袍头戴帽子，这个人看上去像个不起眼的干部，不像宗教人士。我推断他是政府机构安排到这座道观里当联络人的，是个身着长袍心系共产党的人，并没有献身于道教。

或许有人认为这会让他不讨喜也不可靠，但我觉得他的情况在某种意义上更为有趣。中国政治权力的终极合法性确实曾经建立在宗教上，但宗教很久以前就被改造得主要为政治服务了。历朝历代，统治者会从很多宗教传统中选取对自己有利的，来增强和扩展自己的权势。皇帝时常会根据自己的目的兴废寺庙。失控的宗教狂热不止一次给中国带来战火。共产党对付有组织的宗教的强硬手段也并非没有先例。

在道观中安插装扮成道人的政府员工可能更像是一种保护而不是控制。这座道观几乎没有表现出广受民众参拜的迹象，仿佛这个地方和里面的道人是某种博物馆展览，供人从远处短暂地参观；或者是一间储藏室，保存着某些古老、尊贵之物。没有政府的帮助，这块珍贵的地产或许抵挡不住野蛮的资本，继续为奥义服务。

这位道观员工似乎接纳了自己的工作，成了货真价实的宗教人士。他解释道："现代生活充满嘈杂和诱惑，人们只注重实现物质目标。这些追求很快就会令人疲惫，人们不可能用这样的方式获得满足。这就是为什么皈依道教是好的。"

听着一个穿着道袍的官僚在川流不息的嘈杂声中平静地跟我说这些，我不禁咧嘴笑起来。我问他当道士怎样改变了自己的生活。

"嗯，最初我的妻子和女儿觉得我白天待在这里很奇怪。后来她们发现，我来这里后更加高兴、健康。所以她们开始认可我所做的事情。"他又补充说，"道告诉我们，物质世界是虚幻的，其中的事物总在变化。因此，最根本的和谐必有其不同之处。"

我看到年长的道士们列队走进主堂诵经。后来，他们给我举办了一场书法表演。一个相当严肃的道人来到摆着墨、纸、毛笔的大桌前，豪迈而有力地挥洒着笔墨。突然，所有道士神情都肃穆起来，流露出一种近乎迫人的焦虑。他们聚在周围，全神贯注地看着那位员工，仿佛在确保他能把其中重要而难解的信息如实传达给我们。

最后他告诉我说："要掌握这些笔法需要很多年，它们不只是这位道人写的字。每一个笔画中都蕴含着一种力量、一种平衡。"

我没有掌握汉字，恐怕以后也不会掌握。我愿意认为其中有一种力量，是我们的表音文字所没有的。言语和书写分离让两者都获得了专属的自由领域，书写的概念性得到了保存，而言语也能沉浸在必要的粗鲁和不规范中。世代以来，不断有口音形成，让言语无法互通；但文字留存了下来，不轻易被改变所左右，永远都能得到解读。

书法的隐义可以上溯到中国文字的初期，在那时，卜辞会被刻在龟甲和兽骨上。这些文字旨在提供一条通道，让更高级的力量能够进入这个世界，给混沌带来意义。这个通道还开放吗？道观里这位手握毛笔的道人有没有给这个疯狂的世界带来些许平衡？他那身着长袍的同事，那位政府员工，有没有通过身在此处而为人民服务？

道究竟需不需要安身之所？尸体呢？唯一的神呢？爱之主呢？

我们乘地铁北上，几乎到了终点站。在走出环路之后，它行驶到了高架轨道上，在无数的新建高楼间穿行。我们要见的是另一种艺术家：电子游戏艺术家。他所在的办公区离地铁站不过一小段路，但这里也有门禁，我们必须在和保安沟通后才能接近他所居住的高层公寓楼。

这位年轻人居住在四十层楼的第二十三层。这座建筑还没满十年，但电梯和走廊已经有些脏乱和破旧了。找到他的公寓后，我们使劲敲了门，但没有回应。最后，他打电话让我们进去了。他自信而友善，不过有些不修边幅。

他形容邋遢、面色惨白，正是个玩了一天电子游戏的人的样子。没洗的长发从头顶耷拉下来，脑袋两侧的头发都剃了。他的衣服宽松而随意，像玩滑板的十来岁小孩穿的。这间公寓大而宽敞，但家具很少，还乱糟糟的。

在客厅里,盛着剩菜的塑料杯盘散落在咖啡桌上。路过厨房时,我发现里面也堆着垃圾。他停下游戏,打开冰箱要给我们倒饮料,但里面空空如也,除了一些可疑的包装和一个装着冒泡橙色液体的塑料瓶。我们都笑了,饮料可免。

公寓的其他房间都像是无人居住,而他的卧室则堆满了东西。他坐在被纸张覆盖的电脑桌前,我们坐在床上。桌旁是一扇大窗户,外面林立的混凝土高楼一览无余。

他告诉我他28岁,来自一座名为雅安的美丽城市,它位于肥沃的四川盆地和喜马拉雅山脉交接处。他在成都一所以计算机艺术著称的大学学习美术和设计。毕业之后,他就成了北京一家成功的游戏制作公司的插画师。几年之前,业界的一个大佬把他挖走,让他做旗下某著名产品的艺术总监。

他告诉我他通常先用铅笔在纸上开始作画,并给我看了几张草图。画面干净而精细,内容是幻想化的中国历史人物。"然后我会在电脑上画这些图。"他说着在显示器上放出了一系列令人印象深刻的人物插画:拿着虚幻兵器的半神将军、蓄着奇异胡子的狂野的占卜师,异域风格的半人,看上去都已准备好让怒火席卷万物。

他继续说道:"如你所见,我的专长是英雄、装备、武器,不过我也画风景,或者至少我监督风景的创作。我现在有一个团队。我画好核心图像,然后对它们进行多种三维变换以制作动画。"

我问他正在制作的游戏的创意是谁想出来的。

"我老板，公司的创意总监。我是因为有画这些东西的才能才被招进来的。我的团队和我给这个游戏的原始构思添加血肉。"

他告诉我，游戏现在非常受欢迎："甚至有很多人认为中国面临电子游戏成瘾的问题，有太多年轻人什么都不干，只玩电子游戏。"

"真是这样吗？"我问。

"对，大概吧。"他淡淡地说。

"你的父母怎样？他们怎么看待电子游戏？"

"我爸不看好我的工作。他是一家大型金融机构的经营者，他总是问我什么时候找个真正的工作。我告诉他我现在手底下管着35个人。"

"他说什么？"我问。

"他说他负责上百号员工和好几十亿元。"这个年轻人无可奈何地笑着说。

"看起来你喜欢中国历史。"

他解释道，他和他的团队会为画画而进行很多研究。"但我们想对历史怎么样就怎么样。"他说。

"这是哪种游戏？"

"一种融合了战争策略和角色扮演的游戏，在这儿很受欢迎。"

"叫什么？"

"《弑神》。"

我又联系了Gia，说想要看她作画。她不知道我是不是认真的，但我很坚持。她同意在自己的公寓见我们，那也是她作画的地方。她住在北四环内的一栋楼里，位于一条运河和一座公园边上。它毗邻一条宽阔而人少的大街，所以非常安静。她住在三层，我们爬楼梯上去。

这间小公寓里几乎没有家具——客厅只有几条毯子和垫子供人就座。这个地方虽然很整洁，但似乎不是久居之地，更像旅程中的驿站。

Gia在光秃秃的墙面上挂着画和照片，都是些前卫而雅致，略带女性气质的作品。房间被刷成了淡粉色，像个娃娃屋。

"能住在这里很幸运。我的父母很明智，近几年里房价涨了不少。"Gia一边引我们向前走一边说。她在被封好窗户的阳台上作画，我们能从阳台透过树木俯瞰大街。

"我不太愿意给你看我的画，因为我不觉得自己算个画家。"她向我坦言，"我没受过训练，也不是给别人画的，我画给自己看，这是我放松的法子。"

当她开始专注于画布时，我问："你能想象自己结婚、买房买车、有孩子的样子吗？"

她说："我想把自己想成那样，但我觉得我没那个命。不管我遇到什么好事，总有坏事跟着。"

在画布上挥舞起画笔的她，逐渐忘却了周遭的世界。只有在向后退了一步观察自己在画的东西时，她才跟我说道："我真的不知道自己在走向何方，不过我也不在乎。"

当天晚上，污染侵袭了北京北部。我沿着一条空旷的路骑着自行车，街灯透过浓重的雾霾散发出光晕。大规模种植的杨树高过灯光，从下部被照亮。它们立在道旁，遮蔽着这片荒凉的平原。这些树在白天还显得十分粗糙和鄙俚，现在却成了影影绰绰的巨人，斑驳的枝叶在头顶交错，宛如烟云笼罩的神秘天空。

在一场宴会上喝得酩酊的我正往回走，充血的眼睛和干涩的喉咙还不至于让我太难过。糟糕的空气创造出令人愉悦的效果，甚至还有些美，像好莱坞的夜景。真正的黑暗不适合在荧幕上展示，也不会受欢迎。聚光灯和烟雾能勾勒出黑暗，让它稍显明亮，就像今晚的街道。在今天这部电影里，首都郊区仿佛没入云层的山顶。而当我意识到虽然自己动而空气止，感觉到雾霾之中带着些许湿气时，错觉也被淡化了。

今晚我会和老朋友德里克及他妻子一起住在机场附近。他们现在是首都一所高档英语学校的老师。他们组建了家庭，搬到了北京北边的郊区。他们希望给两个年轻女儿不一样的体验，希望躲开市中心无处不在的污染，便在远离闹市的地方置了一个带庭院的家，种上了灌木和花朵——如果今晚的空气依然污浊，那么他们的计划显然是失败了。

　　骑行在阴影中时，又一次在陌生土地陌生卧榻上入睡时，宴席上的谈话还回荡在我脑海里，那是一场来自本地和国外的有思想、有灵魂的人们即兴的重聚。当我登上飞机，在舱门边落座时，当我慢慢地回到家里和家人团聚时，所有的宴席都融为一体。它们形成了一段长长的对话，充满智慧与惊喜。

　　我们知道自己不能像预知故事一样预测未来，但我们也不会默不作声。现在，已经有未来的使者来到我们中间。

　　我们问，他们是谁？他们躲在哪儿？关于我们以后会怎样，他们带来了什么信息？而我们看到了迥异的答案。

　　记忆是建立在欲望和意图之上的。我们曾经看见和听见的内容其实并不重要。未来并不在那里，它像一张无人注意的幕布一样藏在我们的记忆中，是隐藏的细节或阴影中模糊的脸，只有时间、深思和艺术能将其释放。

　　我们为故事而活，为了那些让我们不安和激动的故事，那些新鲜和新颖的故事。当我们把它们拿出来，描述给朋友时，我们知道自己的言辞虽然不会让故事成真，但也足以让我们分享对其中潜藏内容的感情——如果它已经做好了走出来的准备。

　　我想，中国可能永远都会让我感到有些迷失。永不停歇的宴席和烟雾弥漫的天空都在提醒我，有一部分我总是不能看透，有些知识我也还没有掌握。

　　我们还是江上的游魂，而薇正在告诉我，我们没有多少时间了。但是这段旅行永远不会结束，中国肯定会永远萦绕在我心头。不论我们在哪儿，中国为我们所有人而来，无法阻挡。它的故事和人民会和我们纠缠在一起，与我们分享它的谜题。它的旋转会以自己的节奏吸纳着我们。

　　对我们而言，更加清楚的是，我们需要记忆，需要遗忘；需要保护，需要破坏；需要知识，需要秘密。我们的力量不可小觑，也脆弱得不堪一击。它们全部舞动在一起，寻求着平衡；它们在阴影中更加闪耀，召唤我们前去一探究竟。

[致谢]

薇媛——没有她这一切将完全无法实现。

德里克·福尼尔（Deryk Fournier）——牵线搭桥的人。

亚历克斯（Alex）和简·科凯恩（Jane Cockain）——慷慨的朋友。

雅克·埃贝尔——父亲的旅伴。

凌夏（Ling xia）——让我在2005年踏上这条路。

莫里斯·斯特朗（Maurice Strong）——早期指导。

阿方索·林吉斯（Alphonso Lingis）、欧阳飞（Philippe Rheault）、罗恩·格雷厄姆（Ron Graham）——耐心的读者。

斯蒂芬·瓦伦丁（Stephen Valentine）——背后的支持者。

斯科特·麦金太尔（Scott McIntyre）——第一位支持者。

吉姆·吉福德（Jim Gifford）——尽责的编辑。

迈克尔·莱文（Michael Levine）——航海家、朋友。